有害人物
［作者］三月みどり
［原作／監修］Chinozo
［插畫］アルセチカ
Kadokawa Fantastic Novels

齋宮透矢
齋宮

（相馬瑠衣凜）
「足球隊能獲勝是託我的福喔！」
洞ヶ丘
HANGAOKA
（田中健司）

「健司同學，謝謝你。」
（桐谷翔）

我希望桐谷老師的戀情可以開花結果。
因為他是這麼棒的老師——

在公園裡再次向妳——

CONTENTS

有害人物
有害人物
[作者]三月みどり
[原作／監修]Chinozo
[插畫]アルセチカ
Kadokawa
Fantastic Novels

前言

非常感謝各位購買《有害人物》。

我是Chinozo。

我會以VOCALOID Producer的身分創作歌曲並上傳到網路，本作是以其中一首名叫〈有害人物〉的歌曲為基礎，架構出劇情編寫而成的衍生小說。

其實上一部作品《再見宣言》也是，本作算是《再見宣言》的續集，但即使是沒看過上一部作品的讀者也能享受本書的內容，敬請放心。

本作的劇情是以我的提案為基礎，跟上次一樣由三月老師編寫成最棒的小說。然而我作為基礎的提案非常荒謬，還在會議中一個人滔滔不絕地講了十分鐘以上的暫訂劇情，這種愚昧的行為讓各位相關人士都困惑不已，當時的我完全就是個「有害人物」。

對於在這種狀況當中編寫出精彩作品的三月老師充滿了感謝。

此外想補充一點，關於這本小說《有害人物》的世界觀，也跟上一部作品同樣是作為衍生作品創作出來的，所以跟歌曲本身的世界觀會有所不同，希望各位讀者能在這樣的前提下享受本作。

那麼，請大家務必多多捧場這部作品。

[原作／監修]Chinozo

[彩頁／內文插畫]
アルセチカ

○序章

如果能度過一個沒有任何錯誤的人生？

我有時會忽然浮現這種想法。假如能度過那樣的人生，會變成什麼樣子呢？
因為凡事都進行得很順利，果然會變成最棒的人生嗎？
不過老實說，絕對沒有人能度過沒做錯任何事的人生吧。
因為根本不存在連小謊言都沒說過也不曾跟朋友吵架的人。
人只要普通地活著，別說是一次，會有好幾次做錯事情。

我也做錯了一件事。

而且是非常嚴重的錯誤。
然後我感到沮喪、悶悶不樂，還任性地開始嫉妒周遭的人。

但是，結果還是厭惡起做錯的自己……

當時的我無論做什麼都感到難受。

同時也覺得自己無法脫離那種痛苦。

因為那就是做錯的人應有的報應。

但是，在那種時候，「那個人」告訴了我。

告訴我即使犯錯，還是有很重要的事情——

第一章　錯誤的告白

五月下旬。氣溫逐漸上升，夏天的腳步慢慢靠近的這個時期。

我——田中健司目前正在足球隊的國中最後一場大賽中，如火如荼地進行比賽。

「高梨！這邊！」

我這麼呼喚快要被敵隊選手包圍的隊友。

注意到我在呼喚的隊友立刻將球踢向這邊。

「健司！」

「ＯＫ！傳得漂亮！」

這記漂亮的滾地傳球正好在我腳邊停住。

雖然很想從這邊一口氣進攻，但敵方隊伍緊接著便在眨眼間包圍住我。

「這傢伙的體力跟盤球都不怎麼樣！強硬一點上前進攻吧！」

隨後，包圍住我的其中一個選手這麼發出指示。

他說的話還真是殘忍。雖然沒說錯啦……

「不妙啊……」

目前分數是1－1同分。比賽時間已經進入延長賽後半的傷停時間，大概還剩下兩分鐘左右。要是在這裡被耗掉時間，就會進入ＰＫ戰嗎……

我們隊不是很擅長ＰＫ呢。

既然這樣，以我們的立場來說就非得在這裡得分不可……

「加油～～！KINU～～！」

這時忽然傳來女生的加油聲。「KINU」是我的綽號。

明明周遭應該因為選手的指示和在足球場上奔馳的腳步聲而吵鬧不已，卻只有她的聲音很神奇地清楚傳入耳中……就努力看看吧。

「KINU！這邊！」

我看向聲音傳來的方向，只見我們的隊長，同時也是王牌前鋒兼我的好友——齋宮透矢正舉起手這麼呼喚我。

「讓他把球傳給前鋒（透矢）就不妙了！快點上前圍攻他！」

剛才把我貶低一頓的選手再度發出指示後，包圍我的選手們一口氣衝上來搶球。

敵隊小看我，警戒著透矢。這是已經看過無數次的光景，也是一如往常的光景。

「透矢！」

被包圍的我呼喚透矢後，對著伸出腳打算從正面搶球的選手筆直地將球踢了出去。
對手有一瞬間露出困惑的表情，然而球漂亮地穿過對手胯下，飛向透矢腳邊。
「傳得好，KINU！」
「拜託你嘍，王牌！」
我這麼替透矢加油，於是接到球的透矢以驚人的速度盤球前進。
「別讓那傢伙自由行動！快阻止他！」
在我眼前的選手連忙發出指示。
隨後，敵隊選手擋在毫不留情地衝向前線的透矢面前。
總共有三人。一般來說，應該會在這時將球傳給隊友……但透矢不同。
「什麼！」
他直接靠速度鑽過第一個人。
「真的假的！」「可惡！」
然後運用巧妙的假動作在轉眼間鑽過第二和第三個人。
不愧是我們隊上的王牌，只要球在他腳上就是最強。
「守門員！擋住他！」
因為對手的防線都被突破了，透矢面前只剩下守門員。

守門員為了擋住透矢的射門路線，大膽地上前阻攔。

他這樣的判斷大概不算糟。

只不過看見對方動作的透矢輕輕將球踢了出去。

球輕飄飄地往上浮起，越過守門員的頭頂。

只見球勾勒出美麗的弧線，就這樣落入球門之中。

「好耶！」

透矢握拳，小聲地叫好。

我是覺得他明明可以表現得更開心一點，但他平常都是這種感覺。

「不愧是透矢！這記射門漂亮！」

「我們家的王牌果然是最強的啦！」

隊友們讚賞踢出致勝球的透矢。

剩餘時間已經不到一分鐘。只要不鬆懈，我們應該勝券在握了吧。

「傳得漂亮！KINU！」

透矢朝我比了個讚。在沒有任何隊友提到我的狀況下，只有他像這樣稱讚我。這點也跟平常一樣。

「透矢你也是，這記射門漂亮！不愧是我們隊上的王牌啊！」

透矢舉起手回應我這番話。
然後我們穩定地守住剩餘的一分鐘，贏得這場比賽。
這麼一來，就能晉級東京都大賽的決賽。只要再贏一場，就是我們夢寐以求的全國大賽了。

◇◇◇

「很精彩的比賽！你們表現得很好！」
比賽結束後，我跟透矢走在住宅區要回家時，拍著手稱讚我們的是足球隊的教練——才怪，其實是一名美少女。
「為什麼妳一副高高在上的樣子啊。」
「因為今年如果有我幫忙加油就總是會獲勝對吧！也就是說，足球隊能獲勝是託我的福喔！」
美少女一副心情大好的表情，自豪似的回答。
她的名字叫作相馬瑠衣凛，剛才在比賽中為我加油的就是她。
細心呵護的光亮潤澤秀髮及背，還有一雙水汪汪的大眼睛。

端正的容貌真要說的話算是可愛型，感覺無論碰到怎樣的男生都會很受歡迎。

我跟瑠衣凜從小——大概從懂事時就認識了，也就是所謂的兒時玩伴。

從以前我們不管做什麼都是一起行動，我小學開始踢足球，瑠衣凜從那時就一定會來替我的比賽加油。

「不過，瑠衣凜來幫忙加油的比賽還真的沒輸過，所以我覺得瑠衣凜是我們隊伍的勝利女神呢。」

透矢用爽朗的聲音這麼說道。但是，就如同瑠衣凜自己說的，只有今年……去年跟兩年前就算瑠衣凜有來加油，還是有輸掉比賽。這種今年限定的勝利女神也算數嗎？

「不愧是透矢同學！真了解我呢～～！」

「對吧！」

透矢與瑠衣凜像這樣一搭一唱後，相視而笑。

透矢是在小學五年級時轉學到我跟瑠衣凜就讀的學校。後來因為就住在附近，我們愈來愈熟，現在三人一起行動已經變得理所當然。

「可是啊，講正經的，你們兩人真的很厲害！透矢同學的盤球跟射門都很漂亮，KINU的傳球也棒呆嘍！」

「透矢的盤球跟射門真的很神呢！」

我贊同瑠衣凜所說的話。相對於從小學就開始踢足球的我，透矢是從國中才開始的，但他的運動細胞本來就出類拔萃，所以進步神速。

現在已經成了足球隊可靠的隊長兼絕對王牌。

根據傳聞所說，似乎有好幾所實力強大的高中想招攬他入學。

透矢不知是否顧慮到我的心情，完全不會跟我提這些話題就是了。

「我不算什麼，KINU的傳球比較厲害啦！完全看清了對方的動作呢！」

「我才是沒什麼大不了的啦。我可沒有甩開三個人，或是踢出吊球射門。」

要順便說的話，我還被對方看不起呢。

所以穿過胯下的傳球才會成功也說不定。

「你在說什麼啊。沒那回——」

「沒那回事喲！」

瑠衣凜靠近到我身旁，大聲地這麼主張。也太大聲了吧！

「妳怎麼突然這麼大聲……我的鼓膜差點就要被震破耶。」

「還不是因為！KINU說些莫名其妙的話！KINU你今天也很努力踢球不是嗎！」

「哎，或許是有努力踢球啦，但我——」

跟透矢相比之下，真的什麼也沒做。正當我話說到一半時——

「我知道喔，知道KINU你比任何人都跑了更久，無論攻擊或防守都很拚命。」

「妳說很拚命……大家都是這樣的吧。」

「沒有喔。或許大家都很努力，但KINU你一定是隊伍當中最努力的人！我可以替你掛保證～～！」

瑠衣凜將手貼在胸前，充滿自信地這麼說道。這是哪個時代的語氣啊。

「而且呢！KINU你會鼓勵不小心失誤的人，或是大力稱讚表現出色的人，你在這種地方也非常努力！」

「！喔……噢，這樣啊……」

我的確是會考慮到隊上的氣氛而去留意這種小細節啦，不過……

「瑠衣凜妳真的很仔細地在觀察別人呢。」

「嗯！我身為KINU的兒時玩伴，一直都在看著你喔！」

瑠衣凜露出可愛的笑容。

她突然展露的笑容讓我的心跳瞬間加速。

雖然她這番話不是那個意思啦……

「KINU你真的有個很棒的兒時玩伴呢。」

透矢也接在瑠衣凜後面對我說了這樣的話。

「你在說什麼啊。要說兒時玩伴的話，透矢你也是吧。」

「咦……嗯，說得也是呢。我差點忘了。」

透矢將手放到後腦杓上，彷彿想說自己真是糊塗地笑了。

明明相處好幾年了，居然還會忘記，這傢伙真過分。

「可是，就像瑠衣凜說的，今天的比賽是因為有KINU的傳球，我才能自由地盤球且射門成功，然後贏得比賽喔。」

「是……是嗎？我覺得你這麼說有點誇張就是了。」

「沒那回事啦。KINU的傳球總是在我想要的時候傳過來。真的很感謝你！」

「！……那……那真是太好了。」

透矢這番話讓我害臊起來，忍不住移開視線。

這個帥哥是怎樣啊？想讓我迷上他嗎？

「等一下，KINU！你怎麼好像比我稱讚你時還開心呀！」

「啥？被透矢稱讚，當然會很開心啊。」

「什麼意思呀～～！我稱讚你時也表現得更開心一點好嗎！」

「才不要。因為妳馬上就會得意忘形起來，還會要我改天請妳吃東西。」

「就讓我得意忘形一下嘛～～！就請我吃東西嘛～～！」

第一章　錯誤的告白

「才～不～要！」

正當我們兩人這麼鬥嘴時，透矢呵呵笑了起來。

「你們兩個感情真的很好呢。」

「與其說感情好，不如說是一段孽緣吧。」

「畢竟我們從很小的時候就一直在一起了嘛。」

瑠衣凛說得沒錯。有一種回過神時她已經待在我身旁的感覺。

我想她大概也有一樣的感受吧。

「……真奸詐呢。」

透矢小聲嘀咕。

……可是他的聲音太小，我沒聽見他說什麼。

正當我想詢問透矢說了什麼的時候——

「糟了！已經這麼晚了！」

看著手機的瑠衣凛突然這麼大聲地說道。

「怎麼了？該不會又是跟電玩有關的事？」

「答對了！其實我接下來跟網友約好了要一起打電玩！」

「妳……要是我們今天輸了比賽，妳要怎麼辦啊？」

「到時我當然會婉拒邀約，好好安慰你們呀！尤其是KINU小弟弟，我會搬出奶嘴和手搖鈴給你秀秀──」

「安慰方式是把我當小寶寶？」

今天的比賽沒有輸掉真是太好了。差點就要被兒時玩伴留下一段黑歷史了。

「今天真的恭喜你們！下次比賽我也一定會去加油！那麼，再會啦！」

瑠衣凜用力揮了揮手後，彷彿忍者一般躂躂躂地離開現場。

她到底多想打電玩啊。

「瑠衣凜真的很喜歡打電玩呢。」

「是啊。畢竟她在要當足球隊經理或放學後回家打電玩之間煩惱許久後，結果還是選擇打電玩嘛。」

「也就是說，我們比電玩還不如。」

「唔……哎，的確。」

瑠衣凜愛打電玩的程度跟一般常見的電玩迷不同，可說出類拔萃。我也是從小就被迫陪她一起打電玩，比較誇張的時候，甚至會被迫玩一整天。

……但是相對地，瑠衣凜也會用一整天的時間陪我做我想做的事情。

剛開始踢足球的時候，我為了鍛鍊球技而自主練習，結果不管平日或假日，瑠衣凜每次都會來幫我。

「KINU」這個綽號也是瑠衣凜幫我取的。

哎，說是綽號，也只有瑠衣凜跟透矢會這麼叫我就是了。

那是小學的時候，透矢轉學過來前的事。我被同學嘲笑名字很普通，因而感到自卑。於是瑠衣凜就參考我在遊戲裡的玩家名稱「KN」，幫我取了「KINU」這個綽號。不過只有她會這麼叫我。

雖然她總是隨心所欲，但行動也總是在為他人著想。

我對這樣的她——

「欸，KINU。」

透矢呼喚我。

「嗯？什麼事？」

「……我說啊，要不要到附近的公園聊一下？」

「到公園聊？不能邊回家邊聊嗎？」

我這麼詢問，於是透矢點了頭。

「嗯，是非常重要的事。」

透矢露出認真的表情。雖然他並不是平常就會嘻嘻哈哈的人，不過會露出這種表情也是有點罕見。

「好吧。」

究竟是要談什麼事情呢？感到疑問的我點頭答應了。

——不過，這時我還無從得知——

透矢要說的這件事會讓我們三人的關係產生巨大的變化。

◇◇◇

我跟透矢一起移動到附近的公園。

這座公園是我跟瑠衣凛小時候經常一起玩的地方。

瑠衣凛與電玩相遇後，因為她母親的要求，還是滿常到外面玩的。

畢竟瑠衣凛雖然喜歡窩在家裡，運動細胞卻莫名發達。

而且透矢轉學過來後，我們三人也經常在這座公園遊玩。公園裡有幾個年幼的小孩很開心似的玩著遊樂設施。

「我們常常三人一起在這座公園玩呢。」

「是啊。記得有一次在這裡踢足球時，瑠衣凛把球踢進附近人家的玻璃窗，被狠狠罵了一頓。」

「哈哈哈，也發生過那種事呢。」

透矢爽朗地笑著……慢著，現在不是開心地聊這種往事的時候。

「……所以，你要說的事情是什麼？」

「啊，對喔。」

透矢像是忽然想起來似的說道。

然後他浮現出有些緊張的表情——

「KINU你有喜歡的人嗎？」

我忍不住驚訝得噴出口水。

「啥？你……你突然在說些什麼啊！」

「因為我們正值青春期嘛，我想應該會有一兩個喜歡的人吧。」

「就算這樣，你也太突然了吧……」

話說他所謂很重要的事情，居然是這種事嗎……

「所以，KINU你有喜歡的人嗎？」

透矢再次這麼詢問我。他的眼眸筆直地盯著我。

他為什麼會認真成這樣？我感到不可思議，但好友都露出這麼認真的表情了，我想我應該正經地回答。

「……沒有。」

「真的嗎……？」

我回應後，透矢一臉驚訝地反問我。

「真的沒有。我喜歡的只有足球而已。」

「……是嗎？這樣啊。」

我又正經八百地回答一次後，透矢低喃似的這麼說道，接受了我的回答。

……但是，我撒了謊。其實我有喜歡的人。

無論何時總是陪伴在我身旁的兒時玩伴女孩。

我喜歡瑠衣凛。

……可是，假如我說出這份心情，我們三人的關係可能會產生變化。例如透矢可能會因為怕妨礙到我們，就再也不跟我們一起行動……

雖然我喜歡瑠衣凛，但也喜歡三人一起相處的時光。

一想到這些，我就無法說出實話。

「我有喜歡的人喔。」

「咦咦！真假？」

虧我煩惱了一堆才回答，透矢卻輕易坦白了這個令人震撼的事實。

我們從小學認識到現在，我一次也沒聽說過透矢有喜歡的人。

「你很好奇我喜歡的對象嗎？」

「咦？我當然會好奇好友喜歡的對象啦，但硬要你說出來也不太好……」

「幹嘛顧慮這種事啊，還真像女生耶。」

「我說啊，我這是為你著想——」

我話說到一半，透矢便伸出手指指向我這邊。

「這……這是在幹嘛……」

「我喜歡的人就是KINU你喔。」

透矢用充滿磁性的聲音若無其事地揭露出來。

因為他說得實在過於自然，我有一瞬間也驚訝地心想：「真的假的！」然而……

「這是騙人的啊。」

「咦？你好歹也相信我一點吧……」

「因為你剛才抓了褲子的大腿部分吧。那是你撒謊時會出現的習慣動作。」

我指著的前方——就如同我說的，透矢緊緊地抓著褲子。

「哎呀，這個習慣又跑出來了嗎？」

透矢彷彿想說惡作劇失敗似的搔了搔頭。什麼叫「又跑出來了」啊。

「……真是的。用不著為了惡作劇特地跑來公園吧。太陽都要下山，外面也開始變冷了，我們快點回家吧。」

我有些傻眼地從長椅上站起來，於是——

「等一下，等一下！我是真的有喜歡的人啦！」

透矢又這麼說了。

我想八成又是惡作劇……畢竟透矢經常這樣。

「那你倒是說說看你喜歡誰啊。」

他這次肯定也會說出我的名字，或是敷衍地隨便回答吧。

我這麼心想。

但是——

「瑠衣凜。」

羽ヶ丘
HANEGAOKA

……啥？

「我喜歡的人是瑠衣凜。」

「等……先等一下！反正一定是那個吧，你八成是要說『這也是騙你的～～』對吧？就算你又想嚇唬我，我也不會輕易——」

「不是騙你的，我是真的喜歡瑠衣凜。我從很久以前就喜歡她了。」

透矢斬釘截鐵地表明自己的心情。

即使我立刻看向他的手，他也沒有抓著褲子。換言之，他現在說的都是實話。

真的假的……透矢居然喜歡瑠衣凜……

而且他說從很久以前，表示他從小學開始就喜歡瑠衣凜了嗎？

我根本不曉得有這回事，也完全沒察覺到……

「然後接下來才是正題……KINU，你願意協助我的戀情嗎？」

在我澈底陷入動搖的時候，透矢彷彿總算把話說出口似的這麼問了。

「……咦，你說協助是指——」

「就是字面上的意思。雖然到目前為止都是三人一起行動，但我希望你可以幫忙製造一點我跟瑠衣凜兩人獨處的時間。」

「你跟瑠衣凜兩人獨處的時間……」

「嗯。你會幫我吧？」

透矢露出充滿期待的眼神朝我伸出手，好像壓根兒不覺得我會拒絕。可是，我也喜歡瑠衣凜……

「我……我……」

「我們是好朋友對吧？」

透矢笑咪咪地這麼詢問。

從他的笑容可以感受到某種壓力。

……沒……沒錯，透矢對我而言是無可替代的好友。

足球也是從小學就一起踢到現在，即使我被敵人瞧不起，只有透矢無論何時都會信任我的傳球。

所……所以……所以我——

「好……好啊。我當然會幫忙，因為我們是好友嘛。」

結果我答應協助透矢，握住了他的手。

我喜歡瑠衣凜……然而就算這樣，我也沒辦法任性到把自己的心情擺第一，拒絕重要的好友請求。

而且，假如我在這時坦承自己的心意，我們三人的關係就真的會崩毀。如果要變成那樣，感覺我忍耐一下要好太多了。

「謝謝你！我就知道你一定會這麼說！」

透矢打從心底很高興似的笑了。

看到這樣的他，我察覺到事情已經無法挽回，胸口疼痛不已。

「嗯！我會盡全力幫忙，你要加油喔！」

我像是要掩飾胸口的痛楚，這麼替透矢打氣。

重要的好友有喜歡的人，而且對象就是我的兒時玩伴。

我得更積極地鼓勵他才行。

但我這麼心想的同時……胸口也痛得愈來愈厲害。

◇◇◇

透矢向我坦承心意的隔天。我跟透矢還有瑠衣凛三人一起上學。

該說平常就是這樣嗎？我們從小學時期就總是三人一起到學校。

我還以為透矢會要我讓他跟瑠衣凛兩人一起上學，但根據透矢的說法，突然那麼做會讓瑠衣凜產生戒心。

聽到他這麼說時，我很沒出息地稍微鬆了口氣。

「喔！昨天的英雄登場啦！」

我們三人因為同班便一起進教室時，身為同班同學且同樣是足球隊的高梨伸出手指，開口這麼說了。他手指的是透矢。

「咦，什麼？我嗎？」

「我們正好在聊昨天的比賽。哎呀，透矢的盤球跟射門實在太神啦！真的就是王牌的感覺呢～～！」

高梨不知為何像這樣一臉自豪地說了。

「透矢同學真帥～～！」

「不愧是透矢啊！」

「透矢果然厲害！」

結果其他同班同學跟著這麼稱讚，同時在一瞬間包圍了透矢。

也因此本來在透矢身旁的我跟瑠衣凜被擠到外面。

「不，我只是完成身為前鋒的任務，說起來，要不是有隊友幫忙把球送到我腳下，我也沒辦法盤球跟射門……」

「你在謙虛什麼啊。昨天是多虧你才能獲勝，你可以再更抬頭挺胸點啦！」高梨拍了拍透矢的背，於是其他同班同學也跟著又說些「透矢同學好帥！」「透矢最棒啦！」之類的話。

足球隊比賽結束隔天大多是這種感覺。

因為我們贏得比賽時，透矢一定有得分啊。

而且說到底，透矢本來就有出類拔萃的運動細胞，成績也優秀得總是維持在同年級的前十名，長相也是爽朗型帥哥，加上個性又很紳士，完全是個無可挑剔的人，因此非常受同班同學歡迎。

所以像今天這樣陷入透矢熱潮的狀態一點都不稀奇。

當然不管是足球或學業，我沒一樣比得過他。

我虛心地尊敬這樣的透矢，同時也崇拜他。

「等一下，各位！昨天的比賽除了透矢同學，也有其他英雄喔！」

教室裡忽然響起一個快活的聲音。是瑠衣凛。

「啥？在哪裡啊？」

「就在這裡呀！在這裡！」

高梨用疑惑的眼神看向瑠衣凛，這麼詢問。於是瑠衣凛彷彿把我當成在拳擊比賽中獲勝的人，將我的手臂高高舉向天。這傢伙在做什麼啊！

「健司是昨天的英雄……？」

「對呀！如果沒有KINU傳球，就不會有透矢同學射門！也就是說，KINU創造了昨天的勝利！可說是夢幻足球員喔！」

瑠衣凜拚命這麼主張。

呃，說是夢幻足球員太誇張了，而且這傢伙絕對不知道自己在說什麼。

「相馬又開始偏袒自己的兒時玩伴了。」

瑠衣凜的發言讓高梨傻眼地這麼說道。

其他同班同學也露出「又來啦」的表情。

「那是什麼反應呀？我只是在陳述事實耶！如果沒有KINU傳球——」

「好啦好啦，妳誇耀兒時玩伴的話我們已經聽膩啦。」

瑠衣凜主張到一半時，高梨伸手制止她。

「健司的傳球的確算厲害啦，這點我承認……可是，他除了傳球以外都還好，跟天下無敵的透矢大人相比，當然是沒什麼用啊。」

周圍的同學也連連點頭同意高梨這番話。昨天才被敵人講得一文不值，結果今天又被同伴這樣貶低啊。我可以哭嗎？

「沒那回事喔！KINU比高梨同學你想像中還要厲害，是個超強球員！」
「知道了知道了，我就當作是那樣吧。那麼，這個話題就到此為止啦〜」
是不想繼續跟瑠衣凜爭論下去嗎？高梨強硬地結束話題，催促周遭的同學們解散。
不知同學們是否也抱持一樣的想法，他們立刻從現場散開。
「真是的……大家一點都不了解KINU。」
「妳別太亂來啦。我心臟承受不住。」
「我希望大家可以知道KINU你很厲害！還是說，那個……我這麼做……對你造成困擾了嗎？」
瑠衣凜稍微低下頭，看似不安地這麼詢問。
足球比賽結束的隔天，在班上掀起透矢熱潮時，瑠衣凜一定會向同學們主張我也很厲害。因為透矢射門得分大多是我有傳球給他的時候。
老實說，瑠衣凜的行動或許有點過頭了……但是我……
「我並不討厭。反倒應該說……那個，謝謝妳。」
我害羞得不好意思跟她對上視線，就這樣向她道謝。
於是瑠衣凜的表情立刻變明朗。
「嗯！從今以後！我會更努力向大家宣傳KINU的優點！」

「妳要是更努力，老實說有點困擾啊……」

明明我這麼說了，瑠衣凜卻笑咪咪的，看起來很開心。

不曉得她下次開始會怎樣宣傳我的優點……我有點不安。

「對不起喔，KINU。明明我應該說點什麼才對。」

「不，不能怪你吧。話說他們講的也是事實，誰都沒有錯啦。」

我這麼回應一臉過意不去地向我道歉的透矢。

只有傳球還算厲害的選手。這句話並沒有說錯。

「話說回來，瑠衣凜真的很喜歡KINU呢！」

「！才……才沒有什麼喜不喜歡的啦！只是因為他是從小一起長大的兒時玩伴，才想炫耀一下！因為KINU很厲害，就等於我很厲害嘛！」

「妳其實是為了自己才袒護我的嗎！」

我驚訝地這麼說道，於是瑠衣凜像反派一般「呵呵呵」地笑了。

這是在演哪齣鬧劇啊……哎，不過我想她說沒有喜歡我這點應該是事實吧。

「好啦～～所有人回座位坐好～～」

這時教室的門打開，班導走了進來。班上同學也在同時各自回到自己的座位上。正當我們也同樣準備前往自己的座位時——

「昨天那件事就麻煩你嘍。」

透矢忽然用瑠衣凜聽不見的音量在我耳邊低聲說道。

我轉頭一看，只見他又跟昨天一樣露出笑容。

「好……好喔。那當然。」

「拜託你嘍，我的好朋友。」

透矢這麼說，面帶笑容走向自己的座位。

……我幹嘛跟瑠衣凜聊得那麼開心啊。

明明我從今天開始必須支持透矢的戀情，幫他跟瑠衣凜湊成一對。

我不經意看向瑠衣凜那邊，只見在班導準備開班會的時候，坐在自己座位上的瑠衣凜跟女生朋友輕鬆地在閒聊。好像很開心啊……

然後我這麼心想——

假如透矢跟瑠衣凜變成情侶，我是否能跟瑠衣凜像那樣愉快地聊天呢？

放學後。原本應該為了東京都大賽的決賽努力練習，但我們學校的足球隊在比賽隔天一定會讓社團休息一天當作放鬆日，也禁止自主練習。

根據教練的說法，這是因為國中生的身體還在發育，要是過度勉強很容易受傷。教練的口頭禪就是休息也是練習的一環。

因為這樣，我跟瑠衣凜和透矢一起來到電玩遊樂場。是瑠衣凜邀我們一起去的。

附帶一提，我從小就總是跟瑠衣凜與透矢一起玩。

因為就算有其他人找我，我也會把瑠衣凜跟透矢擺第一。

他們兩人對我來說就是這麼重要。

如此一想，除了他們兩人之外，我就沒有其他要好的朋友了呢……

「耶～～！又是我贏了！」

瑠衣凜在格鬥遊戲前面開心地握拳叫好。

「妳也太強了吧……」

另一方面，坐在她對面的我則是筋疲力盡。

一進入電玩遊樂場，瑠衣凜立刻提出要跟我對戰的要求，我還來不及拒絕就被迫坐在格鬥遊戲前了。然後被迫跟她對戰了十次，每一次都輸得慘兮兮。

不愧是每天放學後都在打電玩的人。

我一直莫名其妙被打到死都無法反擊。就憑我這樣的外行人，完全不是瑠衣凜的對手。

「……慢著，我怎麼又做這種事？」

我明明必須支援透矢的戀情，卻因為瑠衣凜的行動，進行得一點都不順利。在學校也是，即使我設法想讓透矢跟瑠衣凜兩人獨處，她也一定會試圖三人一起行動。

說不定瑠衣凜也跟我一樣，很重視三人一起相處的時間。

還是說單純是我的覺悟還不夠……

「KINU，我有件事想拜託你。」

「！什……什麼事？」

透矢忽然向我搭話，我還以為他看透了我的內心，不禁嚇了一跳。

「接下來我想跟瑠衣凜兩人一起玩那邊的夾娃娃機，你可以隨便找個理由先回去嗎？」

「你叫我先回去……可是瑠衣凜搞不好會說那就一起回家之類的喔。」

「沒問題，我會稍微強硬地挽留她。拜託你啦，KINU。」

透矢雙手合十，低下頭認真地拜託我。

好友都這樣拜託了，我也不能拒絕啊……

「……好吧。」

「謝謝你！KINU你果然是我的好朋友！」

透矢露出看起來很高興的表情向我道謝。

這本來應該是值得開心的事，我的內心卻一點都不雀躍。

「抱歉！我媽託我買東西，我先回去嘍！」

在遊戲聲響迴盪的空間中，為了能瑠衣凜能夠聽見，我稍微大聲地這麼說。

「是嗎？那我也差不多該回──」

「不不不，妳還可以在遊樂場多玩一下啦。畢竟透矢也在嘛！」

我這麼主張，於是透矢靠近到瑠衣凜身旁。

「說得也是。雖然對KINU不好意思，我們就多玩一會再走吧。」

「咦？可是……」

瑠衣凜看向我，但透矢像要阻擋她似的牽起她的手，帶她離開。

「妳顧慮太多啦。我先回去了，你們好好玩。再見。」

我這麼說道，然後背對兩人邁出步伐。

透矢跟瑠衣凜兩人獨處嗎……這已經像是約會了嘛。

我這麼心想，同時來到電玩遊樂場的出入口前。

不過，這時我實在很在意透矢他們的情況，忍不住轉過頭看。

「瑠衣凜妳好厲害！妳也很擅長玩夾娃娃機耶！」

「還好啦！只要是遊戲，不管什麼都放馬過來！」

他們兩人很開心似的笑著。

尤其是透矢，還露出跟我在一起時從未展現過，看起來很高興的表情。

這樣啊……透矢是真的喜歡瑠衣凜。雖說昨天聽他本人這麼說了，實際看到他那種模樣，還是讓我的胸口又揪緊起來。

之後透矢跟瑠衣凜也很開心地一起玩夾娃娃機。

什麼嘛，這樣一看，他們很相配啊……哎，這是理所當然的嗎？

透矢是足球隊的王牌球員兼隊長，頭腦也很聰明，是個高規格的帥哥。

瑠衣凜也是在同年級中被說是頂級可愛的女生，像我和透矢一樣暗戀她的男生應該有好幾個吧。

這樣的兩人變成情侶的話，我想大家一定都會給予祝福。

「就憑我這種人當然配不上她吧。」

我只是從小跟她一起長大的兒時玩伴，無論是學業或運動都遠遠不及透矢。

瑠衣凜不可能看上這樣的我。

既然這樣，現在協助好友戀情發展的我應當是正確的。

我一邊像在說服自己，一邊獨自離開了電玩遊樂場。

之後連續好幾天，我都幫忙讓透矢跟瑠衣凜兩人獨處。

我從透矢本人口中聽說，一跟瑠衣凜兩人獨處，他就會積極表現自己的優點，或是邀瑠衣凜去約會。

不過，態度突然大轉變的透矢讓瑠衣凜也感到困惑，好像還沒成功約會。就算這樣，透矢還是每天都努力地想讓瑠衣凜喜歡上自己。

看到好友這麼拚命的模樣，一開始心情複雜的我漸漸產生了某種想法。

◇◇◇

「我回來了～」

某天放學後。足球隊練習結束，我回到家裡，正當我在玄關換鞋子時，媽媽從裡面走了出來。我的家境不算太富裕，父母都有工作，練習結束後回家時，家裡沒人在是常有的事。

……然而今天媽媽好像提早下班了。

「你回來啦。有客人來找你喔。」

「客人？」

會是誰呢？我一邊心想一邊走到客廳。

只見有個年約四十幾歲的紳士坐在沙發上。

「松永先生！」
「健司同學，好久不見了呢。」
這位紳士用有磁性的成熟聲音呼喚我的名字。
他是松永先生，東京都內的足球名校之一「帝城高中」的教練。
然後要說那種名門學校的教練為什麼會來我家，其實是因為「帝城高中」居然有意招攬我入學。
「不好意思。今天也很謝謝您特地前來。」
「哪兒的話，為了請你來我們學校就讀，這點程度沒什麼大不了的。」
松永先生溫和地笑著。根據傳聞所說，他好像是相當嚴格的教練。
可是，他到目前為止已經來我家好幾次，我一次也沒看過他嚴格的模樣。
「話說回來，健司同學上次比賽的最後一記傳球很漂亮呢。」
「不，那是透矢——同學正好待在方便傳球的地方。」
「就算那樣，一般選手也無法在那種緊迫的場面冷靜地讓球穿過對手胯下，精準地踢到透矢同學腳邊。」
看了上次比賽的松永先生有些開心似的大力稱讚我的表現。
松永先生對我的傳球有很高的評價。

距離現在大約一年前。有一次我代替受傷的學長上場比賽，當時也有三次緊接著射門的傳球。碰巧來看比賽的松永先生注意到我的活躍，想推薦我進入帝城高中就讀，實在令人感激不已。

老實說，他願意推薦讓我開心得想跳起來歡呼……但是我——

「那麼，怎麼樣呢？你願意來我們學校就讀嗎？」

「那……那個……不好意思，我還有點煩惱……」

松永先生願意推薦我入學，我卻遲遲無法做出決定。

至於理由，純粹是錢的問題。「帝城高中」的推薦有兩種，一種是可以免除學費和大部分其他種種費用的特別推薦。

這是準備給被期待能立即成為戰力的人。

而另一種是只保證可以進入帝城高中就讀的一般推薦，這種推薦就沒有任何金錢方面的補助。

準備給我的推薦名額是後者。

如此一來，就必須支付私立高中昂貴的全額學費，而且「帝城高中」距離我家太遠，必須住進宿舍一個人生活，所以還要考慮到這部分的費用。再加上強校的足球隊經常要遠征，也需要準備這筆費用。

換言之，會對不算特別富裕的我家造成相當大的負擔。
雖然爸媽都要我別在意這些，但身為孩子可不能這麼做。
「那個……假如能晉級到全國大賽，就可以請您推薦把我加入帝城高中的特別推薦名額對吧？」
「對。雖然不能保證一定可以讓你擠進特別推薦名額，但我會試著跟上面的人談談。」
松永先生點頭同意我的話。
松永先生跟我約定好，如果我們學校的足球隊可以出場全國大賽，他會幫忙推薦我成為特別推薦的名額之一。
幸好特別推薦似乎還沒有額滿。
「以我的立場來說，希望你能盡早決定進入我們高中就讀就是了，不然推薦名額就快要滿了。」
「那個，對不起……」
「不，我才應該道歉，因為你是前途有望的選手，我不小心就說出真心話了。抱歉。」
我這麼道歉，於是松永先生也一臉過意不去地回應我。
「先不提這些，下次比賽你也要加油啊。我很期待你的表現喔。」
「是……是的！」

我活力充沛地回答。

除了透矢跟瑠衣凜，就只有這個人會說期待我的表現了。

之後松永先生跟我媽稍微聊了一下後便離開了。

大概是聊了關於推薦的事吧。

松永先生回去後，我吃完晚餐，待在自己的房間。

我坐在椅子上，望著之前松永先生給我的「帝城高中」招生簡章。

他們像常客一般經常出場東京都大賽，也在全國大賽中出場十次以上，其中還有兩次稱霸全國。

「如果能進入這所高中就讀，一定可以離夢想更近……」

我從小就有個夢想，希望成為職業足球選手。

在我小時候，興趣是看足球比賽的父親曾帶我到體育場。

於是在比賽開始的瞬間，震耳欲聾的歡呼聲響徹體育場，看到選手們在支持者三百六十度的包圍下奔馳在球場上的模樣，讓我不禁也想變得像那些選手一樣。

這成了我開始踢足球的契機，總之我不斷地練習。

即使知道跟其他人相比，我沒什麼天分，我仍然拚命練習。

像這樣培育出來的技術剛好被強校的教練給予高度評價，真是太好了。

幸好有努力踢足球到現在。

「下次比賽非獲勝不可啊。」

我望著招生簡章，同時堅定自己的決心。

下次獲勝的話，或許就能擠進「帝城高中」的特別推薦名額了。這麼一來，就不會給父母造成負擔，升上高中後也能盡全力追逐夢想。

假如不行……到時只能打從心底感謝父母，靠一般推薦進入「帝城高中」。這件事我已經跟父母說好了。

「！」

這時手機忽然響起。螢幕上顯示「透矢」兩個字。

一定是要找我商量關於瑠衣凜的事情吧。

「好，我決定了。」

今後我要更努力踢足球。

然後忘了自己對瑠衣凜的心意。今天跟松永先生見面後，我這麼心想。

而且透矢最近很努力追求瑠衣凜，跟沒有採取任何行動，只是懶散地待在一起的我截然不同。

既然這樣，身為透矢的好友，我應該好好支持他的戀情。

「喂，我是健司。」

我下定決心後，接起電話。

這時我放棄了對兒時玩伴持續十年以上的愛慕之情。

◇◇◇

一星期後。我跟透矢準備挑戰東京都大賽的決賽。

只要贏了這場比賽就能晉級全國大賽。然後我說不定可以靠特別推薦進「帝城高中」。

順帶一提，包括小學時期在內，我跟透矢都有參加東京都大賽的經驗，但還沒有經歷過全國大賽，所以我想獲勝這點當然不用說，透矢一定也是無論如何都想贏吧。

「健司！」

「傳得好，高梨！」

我小心地接下高梨傳來的球。

之前的比賽也是這樣，雖然高梨平常會對我說有點過分的話，但還是會傳球給我。這表示他姑且還是有認同我的一些地方嗎？

「KINU～～！進攻吧～～！上啊～～！」

瑠衣凜活力充沛的加油聲像平常一樣傳入耳中。我是負責傳球的人，所以不會進攻就是了……就算這樣，她的打氣還是能成為我的力量。

是因為這樣嗎？雖然這場比賽很重要，我的內心卻冷靜得連自己都有點驚訝。

「KINU！這邊！」

透矢在前線呼喚我。分數目前是0－0同分，比賽時間又是延長賽後半的傷停補時。

這個發展幾乎跟上一場比賽一樣。

「千萬別讓他把球傳給前鋒（透矢）！」

然後敵方隊伍打算用好幾個人包圍我這點也跟上次比賽一樣。

不過只要把球傳給透矢，他一定會射門得分，我們就會獲勝了。

我們學校的足球隊會晉級全國大賽，我也有可能擠進「帝城高中」的特別推薦名額。

這麼心想的我冷靜地看透對方的動作。只見包圍在我周遭的敵方選手中有一個人兩腳大開，我找到了有破綻的選手。

我並不是只想傳這種穿過胯下的球……但如果這是最好的選擇——

「透矢！」

我呼喚好友的名字，將球踢了出去，想讓球通過有破綻的選手胯下。

——但敵方選手立刻將雙腳併攏，擋住了球。

「！不會吧！」

「你也太常盯著胯下看了，企圖太明顯啦。」

擋住球的選手對大吃一驚的我這麼說道。

搞砸了。我明明自以為很冷靜……卻在最後急於求勝。

「很好！接下來一口氣展開攻勢吧！」

敵隊的隊長發出指示後，留下幾個人負責防守，其他選手都在球場上奔馳。

「喂……喂！等等！」

我連忙追趕，但延長賽造成的疲勞讓我完全追不上對手。

對手應該也同樣感到疲憊才對……他們到底多有體力啊。

「大家趕緊回防！一定要死守球門！」

高梨發出指示，於是隊友都準備回去防守。

然而敵隊選手的進攻速度實在太快，一個又一個越過我們的防線。

於是——最後敵隊的前鋒甚至擺脫我們的守門員，射門得分了。

東京都大賽決賽，國中最後一場比賽因為我的失誤而敗北了。

「我到底在做什麼啊……」

◇◇◇

比賽結束後，我一個人走在回家的路上。如果是平常，應該會跟透矢與瑠衣凛一起回家，但我跟兩人說了一聲，請他們讓我一個人靜一靜。

透矢跟我說：「我也沒能射門得分，你用不著放在心上。」隊友們也說了：「不是你的錯。」

……但是，這完全是因為我傳球失誤才會輸掉比賽，我實在無法不在意。

「這樣根本不可能成為職業選手吧。」

我失望地這麼低喃。

這下請松永先生推薦我加入特別名額的事也泡湯了。

我抱著沮喪的心情回家，只見家裡沒有任何人在。

爸媽今天都有非做不可的工作，好像一整天都不在。

當然也沒有來看比賽……可是，老實說應該慶幸他們沒來今天的比賽吧。差點就要讓父母看到我丟臉的模樣了。

「……累死我了。」

我放下包包後，就這樣穿著制服一屁股坐在玄關，甚至懶得換衣服。

正當我什麼也沒做，只是好幾分鐘都坐在地上不動時，家裡的電話突然響了。

「怎麼回事？」

我總算站了起來，然後走進客廳，接起一直在響的電話。

「你好，這裡是田中家。」

『聽這個聲音，你是健司同學嗎？』

從話筒另一頭傳來一個紳士的聲音——是松永先生。

「松永先生！請問怎麼了嗎？」

『我有些事情想跟你說，既然是你接的電話，這樣正好。』

「想跟我說的事情嗎……？」

『對，先不提這些，那個……今天的比賽很可惜呢。』

「……對不起。」

我用謝罪回應松永先生。

「請問……關於讓我加入特別推薦名額那件事……」

『不好意思，很遺憾我沒辦法那麼做。』

「我想也是……」

我賭上一絲希望試著詢問，但畢竟本來約定的前提就是在今天的比賽獲勝，出場全國大賽。而今天的比賽不但輸了，敗因還是我的失誤，不可能請人家讓我加入特別推薦。

『可是呢，健司同學，無論是誰都會有失誤，即使是職業選手也不例外。所以你用不著煩惱。』

松永先生溫柔地鼓勵我。

雖然在精神上還是很難受，但感覺他這番話讓我輕鬆一點了。

「謝謝您。然後我決定了……希望您務必讓我透過一般推薦進入『帝城高中』。」

『呃，關於這件事……』

松永先生發出有些尷尬的聲音。怎麼了……？

我感到疑問的同時，不知為何有一種非常不祥的預感襲向我。

於是松永先生他——

『不好意思，健司同學你已經沒辦法進我們學校了。』

「！這……這是怎麼一回事？」

我不禁大聲地這麼反問。

松永先生難以啟齒似的開始針對這點進行說明。

『其實，有好幾個前途有望的選手要進我們學校就讀，所以推薦名額已經滿了。』

「怎……怎麼會……那麼，一般推薦的名額也沒了嗎？」

我這麼詢問，於是松永先生為難似的嘆了口氣。

『因為健司同學你遲遲沒有回覆是否接受一般推薦啊。很抱歉，我優先給了比你早做出決定的人。』

「不……不會吧……」

沒想到居然會因為我太慢做出決定，導致推薦入學的事情泡湯……

可……可是！為了實現我的夢想，我不能放棄這個推薦機會！

「拜……拜託您！我什麼都願意做，請不要取消我的推薦入學！」

『這件事已經敲定，沒辦法更改了。』

「拜託您想想辦法！」

『……抱歉，健司同學。』

松永先生用感覺很抱歉的聲音向我道歉。

聽到這番話的瞬間，我領悟到已經束手無策了。

為什麼是我……為什麼……在腦袋陷入一片混亂時，我心想至少得問清楚一件事。

「那麼……那麼最後讓我問一個問題……靠推薦入學的那幾名前途有望的選手，是些怎樣的人呢？」

『這個嘛，雖然這些事不應該隨便說出去……考慮到你的心情，我就破例告訴你吧。』

接著從松永先生口中冒出的名字，都是我至少聽過一次的人。

像是在東京都內也非常出名的選手，或是聞名全國的選手。

『而且這次還有靠特別推薦要進入我們學校就讀的孩子呢。』

「咦……是嗎……？」

我無論如何都想爭取到的特別推薦。

究竟是誰得到了那個名額……？

『那個……其實那孩子——就是透矢同學。』

松永先生有些猶豫，還是這麼說出口了。

聽到好友名字的瞬間，我的腦袋變得一片空白。

為什麼……那傢伙應該有更多不同的學校想招攬他入學。

應該有幾十所學校來邀請他。明明如此，他為什麼會選了我唯一有接到邀請的高中，還是透過我想要得不得了的特別推薦……

正當我彷彿要被變得一團亂的感情壓垮時，我發現通話在不知不覺間掛斷了。

為什麼啊……

◇◇◇

「開什麼玩笑……」

被迫聽說推薦入學的事情泡湯後，我在公園的長椅上垂頭喪氣。

我跟瑠衣凜與透矢經常三人一起在這座公園玩，還有前幾天透矢也是在這座公園向我坦承他喜歡瑠衣凜。是因為已經傍晚，外面有點冷嗎？公園裡一個小朋友也沒有。

「我明明只是不想給爸爸和媽媽造成太大的負擔……」

要怪我太慢做出決定嗎？

即使會給父母添麻煩，我也應該接受一般推薦入學嗎？

可惡，明明不想後悔，卻好像忍不住會後悔……

而且透矢還會靠特別推薦進「帝城高中」，開什麼玩笑啊。

……可是，其實我明白，透矢一點錯都沒有。

我並沒有告訴他關於推薦入學的事，縱然我說過，也毫無關係。

他只是用自己的方式選了最理想的高中而已。

怨恨透矢是錯的。

「可是，老實說這實在太難受了……」

跟有天賦的選手相比，那個推薦入學明明是平凡的我不可多得的唯一機會。

沒想到居然會以這種形式錯失那個機會……我這樣真的能成為職業選手嗎？

「哈囉～～！」

正當我感到不安時，忽然傳來一個快活的聲音。

我轉頭一看，想不到瑠衣凜居然就站在眼前。

「喔……喔……」

「你那什麼反應啊。再多嚇到一點嘛。」

瑠衣凜看似不滿地噘起嘴脣。

「我嚇到都發不出聲音啦……先別說這些，妳怎麼會在這裡？」

我這麼詢問，於是瑠衣凜告訴我比賽結束後，她跟一起觀看比賽的高梨的女友——朝陽同學繞到咖啡廳聊了關於今天這場比賽的事。

像是「真可惜呢～～」或是「那邊的攻防很精彩」之類。

然後在她們聊得心滿意足後，瑠衣凜一個人回家的途中——

「居然在公園的長椅上發現不管怎麼看都很沮喪的兒時玩伴呢！」

「……所以妳才來關心我嗎？」

「沒錯！」

瑠衣凜眨了眼，同時伸出手指指向我。如果是平常，我應該會跟她鬥嘴幾句……但現在實在沒那個心情。

「……不好意思，可以讓我一個人靜一靜嗎？」

「嗯，我懂了。」

瑠衣凜用力地點頭後，在我身旁坐了下來。她根本什麼都不懂吧！

「喂，瑠衣凜……」

「KINU你真是個笨蛋。我怎麼可能丟下沮喪的兒時玩伴不管呢？」

瑠衣凜用有點生氣的語調這麼說。

看來她不打算讓我一個人獨處。

……哎，畢竟以往也是，這種時候她一定會陪在我身旁。

「你是因為今天的比賽才這麼沮喪嗎？」

「不，雖然那也是原因之一……」

「不是嗎？……發生什麼事了？」

瑠衣凜用擔心的聲音這麼詢問我。

我煩惱著是否應該把剛才發生的事告訴她。

老實說，我很想告訴她，讓心情輕鬆一點。

……但我同時也不想讓她看到自己這種窩囊的模樣。

「KINU，我們小時候約定過吧。KINU你傷腦筋的時候，我會幫助你！我傷腦筋的時候，你會幫助我！對吧？」

瑠衣凜這麼說完，露出溫和的笑容。

我們小時候的確做過那樣的約定。

然後跟約定的一樣，即使是雞毛蒜皮的小事，我們也一直互相幫助到現在。

既然這樣，這次也可以請瑠衣凜幫我嗎……

「瑠衣凜，其實我——」

首先我告訴瑠衣凜有人想推薦我進高中。

因為我不曾跟瑠衣凜坦白過推薦入學的事。

接著我也說明了那個推薦入學的機會已經泡湯。

只不過，我沒有說出透矢會進「帝城高中」就讀。

「這樣呀，原來發生了這種事……」

瑠衣凜露出看似悲傷的表情，稍微低下頭。這麼說很難為情，但光是她像這樣一起為我感到難過，就讓我的心情輕鬆了一點。

「哎，畢竟推薦入學的事都泡湯了，我應該會另外找一所高中報考，再進足球隊吧。」

「嗯！就算變成高中生，我也一定會去幫你的比賽加油！」

瑠衣凜這麼說，露出惹人憐愛的笑容。她這番話讓我坦率地感到高興。

正因如此，有件事必須告訴她。

「我從小就一直說將來要成為職業足球選手……但進入一般高中就讀的話，可能會有點困難。」

並不是沒有進入強校就讀就當不了職業選手。

但是進入強校比較容易成為職業選手也是事實。

而且我最擅長的是傳球，雖然不太想這麼說，但周圍的人愈是厲害，我也愈能傳出漂亮的球來展現我的優點。

如果可以展現出優點，說不定就會有能以職業選手為目標的大學的教練或總教練，甚至是專門挖掘職業選手的球探注意到我。

但如果是普通高中，而非體育學校，我——

「沒問題的！」

瑠衣凜瞬間緊緊握住我的雙手。

我大吃一驚，想立刻甩開她的手，但她堅持不肯放手。

「我知道喔！」

「知……知道什麼？」

感到動搖的我這麼詢問，於是瑠衣凛露出認真的眼神開始述說。

「我知道KINU你比任何人都喜歡足球！知道你比任何人都努力！我都知道！」

「瑠衣凛，妳……」

「所以就算推薦入學的事泡湯了，就算進入一般高中，你也能成為職業選手！」

瑠衣凛拚命鼓勵我。

這段期間她也一直緊握著我的雙手。

我想她大概是想讓我安心吧。

這讓我非常高興，但有一件事更讓我吃驚。

瑠衣凛她在哭。

鼓勵我的時候，她的眼淚流不停。

她一邊流著淚水一邊鼓勵我。

雖說是兒時玩伴，能為了別人哭泣的人並不多。

可是，從小就跟她在一起的我知道，她就是這樣的人。

「……！」

那一瞬間，我的心跳莫名加速。

接著光是看到瑠衣凜的臉，就有種難以言喻的衝動襲向我。

然後我不由得察覺到一件事。

我還是喜歡瑠衣凜。

「謝謝妳，瑠衣凜。我感覺好很多了。」

「真的嗎！太好了！」

瑠衣凜感到安心似的笑了。

她既溫柔又可愛，從以前就是最了解我的人。

「瑠衣凜，我說啊……」

我呼喚她的名字。

這時，我的腦海中浮現了一件絕對不能做的事情。

「怎麼了？你沒事吧？」

瑠衣凜還在擔心我。

看到這樣的她，讓我暫且冷靜下來。

我剛才打算做什麼……？

……我打算向瑠衣凜告白嗎？

我是腦袋不正常了嗎？瑠衣凜可是透矢喜歡的人。

而且我不是決定了嗎？我要放棄對她的心意，努力踢足球。

我要努力踢足球，成為職業足球選手……

——可是，推薦入學的事已經泡湯了。

另一方面，透矢確定會透過特別推薦進「帝城高中」就讀。

而且他具備令人嚮往的運動天分。

學力也過於優秀。

他深受大家尊敬，周圍的人都很信賴他。

他擁有一切我所沒有的東西。

就在我這麼想的時候，某種黑暗的感情在我內心捲起漩渦——

我至少可以向瑠衣凜告白吧？

我不禁這麼想了。

畢竟透矢人很好，只是告白的話，他一定會原諒我。
萬一告白成功，如果是他，只要好好溝通，一定會諒解吧。
說不定還會祝福我。
嗯，一定沒問題的……應該沒問題才對。
「瑠衣凜，我有一件事想告訴妳。」
心跳一口氣加速。
但我心跳加速的原因不光是要向喜歡的人傳達心意。
「你想說什麼？」
瑠衣凜溫柔地露出微笑，這麼詢問我。
她一定是以為我又要說些喪氣話了吧。
「其實我……我……」
我說到一半時停住了。
現在還來得及，要回頭就趁現在了——也有一個這麼主張的我。
……但是相反地，我也覺得要告白只能趁現在了。
假如透矢跟瑠衣凜交往了，我就絕對無法告白。
這樣的話，還是只能趁現在——

我的雙手顫抖不已，心跳聲比剛才更加激烈。

或許一般來說應該會深呼吸一下讓心情平靜下來。

但緊張到不行的我根本不在乎那些，直接對她說出口。

「我喜歡妳！」

告白的瞬間，胸口刺痛了一下。

雖然心臟還怦怦跳個不停，但那大概不是原因。

不過這樣就好了……這樣就……

「……你是說真的嗎？」

沉默一會後，瑠衣凜一臉驚訝地這麼問了。這是理所當然的反應。雖然我至今一直跟她在一起，但從未做出什麼好像對她有意思的行動。

「我說真的。我真的喜歡妳。」

「……這……這樣啊。」

瑠衣凜帶著困惑的表情這麼低喃。

該不會她正感到猶豫？

搞不好我能跟她交往？

這種最差勁的想法閃過我的腦海。

——但瑠衣凛接下來說出口的話打破了我所有愚蠢的思考。

「我跟透矢同學在交往。」

……咦？瑠衣凛跟透矢在交往？

「那……那個……是從什麼時候開始的？」

「正好就在三天前。透矢同學向我告白了。」

瑠衣凛這麼回答後，不知是否覺得尷尬，她稍微低下了頭。透矢什麼都沒跟我說。是因為大賽將至，他打算等大賽結束後再告訴我嗎？

「這……這樣啊……」

簡單來說，就是我已經無力回天。

豈止如此，原本向好友喜歡的人告白還變成了向好友的女友告白。

雖然無論哪邊都是最差勁的行為，然而後者的話，即使是透矢或許也不會原諒。

「我說，KINU你不是沒有喜歡的人嗎？」

正當我感到不安時，瑠衣凜突然這麼問了。

「……咦，妳怎麼突然問這個？」

「因為，那個……我聽透矢同學這麼說……」

瑠衣凜用有些猶豫的語調向我坦白。

我的確是對透矢那麼說了……那傢伙居然還告訴瑠衣凜了嗎？

「雖然我沒辦法跟你交往，但我們還是跟以往一樣是兒時玩伴，也是朋友！我也會像剛才說的，去替你的比賽加油！」

「喔……好。謝啦。還有……對不起。」

「沒關係，你這份心意……嗯，我很高興喔。我很高興……」

瑠衣凜這麼說，臉上卻浮現很複雜的表情。

然後她從長椅上站起來。

「那個……我差不多該走了。再見嘍，KINU！」

「好，再見。」

我們互相道別後，瑠衣凜一個人離開了公園。

她的身影看起來也像在逃離現場。

「……澈底被甩了啊。」

虧我不惜踐踏好友的心情向她告白。

而且瑠衣凜明顯感到很為難。

背叛了好友，還給兒時玩伴添麻煩……

「……我真是差勁透頂啊。」

我這樣的低喃沒有任何人聽見，就這樣消失在冷颼颼的空氣中。

◇◇◇

隔天，我一個人上學。想到自己昨天做出的好事，就覺得沒臉面對透矢，也覺得跟瑠衣凜見面會很尷尬。

上國中之後不用說，包括小學時期在內，這是我第一次單獨上學。

平常總是有人陪我閒聊，單獨行動實在挺寂寞的啊。

我這麼心想，抵達學校後前往教室。

「啊，健司。」

我一進教室，高梨就突然低聲叫了我的名字，看向我這邊。

不，不只高梨。不知為何，班上所有同學都看著我。

而且感覺大部分的人好像都在瞪我。

「咦，怎麼了……？」

「你還好意思問怎麼了？別裝傻啦。」

高梨用銳利的視線看向我，發飆似的說道。

這個氣氛……看來不是在開玩笑或整人。

可是他叫我別裝傻，是怎麼一回事？

「你在說什麼啊？我不懂你的意思。」

「……唉。我沒想到健司你居然渣成這樣。」

高梨感到傻眼似的手扶著額頭。他到底在說什麼啊？

正當我完全無法掌握狀況時，一個學生從同班同學的集團裡走了出來。

「早啊，KINU。」

「透……透矢……」

看到好友的臉的瞬間，我的胸口刺痛起來。

「我跟瑠衣凜都一起到你家門口了，為什麼你不跟我們一起來學校呢？」

「喔……喔。因為我身體有點不舒服……」

「哦——是嗎？」

對話內容沒什麼大不了。

明明如此，透矢卻露出跟平常一樣的爽朗笑容……感覺有點恐怖。

「還有啊，KINU，我有點事情想問你……」

「是……是嗎？你想問什麼？」

我這麼反問，於是透矢依舊面帶笑容——

「你昨天向瑠衣凜告白了嗎？」

瞬間，我感到一陣毛骨悚然。

難道是瑠衣凜告訴透矢的嗎……？

我環顧教室，於是在同班同學中找到了瑠衣凜的身影。

——但我們一對上視線，瑠衣凜立刻將臉撇向一旁。

該不會真的是她……不，我們從小一起長大，無論何時都很溫柔的她不可能會做出這種事。

一定是哪裡搞錯了。

「KINU，你有聽見嗎？你真的向瑠衣凜告白了？」

「咦……這……這個……」

我猶豫著該怎麼回答。

我覺得實話實說比較好。

只不過要在這種班上同學幾乎都聚集起來的情況下說出實話，感覺有點……

「KINU，我們是好朋友對吧。告訴我實話吧。」

透矢像是要讓我感到安心，用溫柔的聲音這麼說道。

就算我老實說出來，搞不好他也會原諒我吧？

這種沒出息的想法閃過我的腦海——結果我深深地低下頭。

「抱歉，其實我也喜歡瑠衣凜！所以我沒辦法克制自己的心情！」

我老實承認自己告白了。

於是透矢依舊面帶笑容，感到同情似的點了頭。

「這樣啊，你無法克制自己的心情啊。」

「對……沒錯。而且你找我商量關於瑠衣凜的事情時，我其實也很猶豫要不要幫你。」

「原來如此。你也有很多難言之隱呢……」

透矢用同情般的語調這麼回應。

果然是透矢就沒問題。只要好好溝通，他就會諒解。

看到他的模樣，我鬆了口氣。

就在這時候——

「KINU你實在差勁透頂耶。」

我們相處了將近四年，我一次也沒聽過他這種低沉銳利的聲音。在聽到這聲音的同時，我的心凍結了。

「你以為這樣我就會說『那也沒辦法，我就原諒你吧』是嗎？」

「咦……呃……」

「那怎麼可能啊。」

透矢跟剛才那些同學一樣——不，是比他們更凶狠地瞪著我。我是第一次看到他這麼恐怖的表情。

「我跟你說過我喜歡瑠衣凜吧……明明如此，你卻向她告白，看來你好像沒把我當好朋友呢。」

「不……不是的！我一直把你當成很重要的朋友——」

「那你為什麼要向瑠衣凜告白！」

透矢發出怒吼。平常冷靜的他現在連呼吸都變得有些激動。

他這副模樣讓周圍的同學大吃一驚，我也說不出話來。

「……呼，抱歉。我有點氣過頭了。」

透矢又恢復成冷靜的表情，但可以明顯感覺到他仍然充滿怒氣。

因為我對他做出了那麼過分的事情……

「或許你在告白時已經聽瑠衣凜說了，我跟瑠衣凜正在交往，所以你的單戀絕對不可能有結果了。」

「……對，這點我知道。」

「是嗎……那麼，請你不要再招惹瑠衣凜了。」

跟爽朗的聲音相反，透矢警告似的這麼斷言。

這是當然的。我已經沒資格對瑠衣凜抱持好感。

「……我知道了。」

「你這麼懂事真是幫了大忙……啊，對了，最後還有件事得告訴你才行。」

透矢突然想起來似的敲了一下手。

「KINU，我要跟你絕交。」

接著他用平淡的語調這麼宣告。

「不……不會吧……？拜託你別這麼說啦。」

「我辦不到。我已經無法再信任你。這樣別說是好友了，就連朋友也稱不上。」
透矢說得沒錯，我完全沒有反駁的餘地。
「那麼，就這樣。請你不要再跟我和瑠衣凛扯上關係。」
「不要跟瑠衣凛扯上關係……等……等一下，我也不能找瑠衣凛說話嗎？」
「……你在說什麼啊？我剛才說過要你不要再招惹她吧。」
「我以為那是……不要在她面前表現自己，妄想追她的意思……」
我這番話讓透矢傻眼似的嘆了口氣。
「KINU，拜託別讓我對你更失望。想到你做出的好事，這是理所當然的吧。」
「可……可是……」
「請你絕對不要跟瑠衣凛講話。」
透矢加強語氣這麼說道。他散發出的壓力讓我什麼話也說不出來。
「欸，透矢，可以讓我也對這傢伙說句話嗎？」
透矢說話時一直保持沉默的高梨這麼詢問。
「嗯，可以啊。」
透矢點頭同意。高梨彷彿準備發表高見般先喝了一口飲料，然後緩緩地走近我。
「健司，雖然我對你說過不少有的沒的話，但我也曾經信賴過你。」

「高梨……」

我看向高梨，只見他露出有些悲傷的表情。

他這番話似乎是說真的。沒想到高梨一直很信賴我。

「……可是，看來好像是我誤會了。」

下個瞬間，我從頭到上半身都濕透了。

我驚訝地抬頭一看，只見高梨將他手上拿的寶特瓶從我頭頂倒下。我不但制服都弄濕了，寶特瓶裡裝的好像是含糖飲料，導致我全身變得黏答答的。

「高……高梨，你……」

「你這個人渣。」

高梨這麼咒罵後，走回同班同學們所在的方向。

他也跟我一樣崇拜透矢，所以我想他一定無法原諒我做出的行為。就算這樣，沒想到他會做到這種地步……

寶特瓶似乎冰了很久，雖說正值五月，被淋了那樣的東西，我也不禁感到寒冷。

「真是個垃圾耶。」

同班同學裡面有一個男學生這麼說了。

於是彷彿連鎖反應，其他同學也紛紛說出類似的話。

「人渣。」「居然對透矢同學喜歡的人出手，差勁透了。」「別再來學校啦。」「太噁了吧。」「照常理來想，根本不可能那麼做。」「KINU以為自己有幾斤幾兩重啊。」「背叛朋友告白還被甩，太廢了吧。」「根本不想看到他的臉。」

班上的男生女生都用輕蔑的眼神看向我，接連對我破口大罵。

我是第一次碰到這種狀況，老實說我動搖得很厲害。

我的確對透矢這個好朋友做了很過分的事，不管透矢對我做什麼，我都沒資格抱怨。

……但是同個社團的夥伴拿飲料淋在我身上，同班同學用數不清的難聽話痛罵我……我真的罪大惡極到非得遭受這種對待嗎？

說不定透矢也覺得這樣太過火了。

不，他可是透矢，一定會這麼想的。

「透——！」

「大家可以更用力斥責他。」

正當我想求助的瞬間，透矢這麼慫恿了同班同學。

這時的他面帶笑容，彷彿樂見我接下來被傷得更重。

透矢，為什麼……

難道我也對他造成了這麼嚴重的傷害？

……這麼說來，瑠衣凜怎麼了呢？

如果是她，說不定會幫忙制止班上同學。

我這麼心想，拚命尋找瑠衣凜的身影，卻找不到直到剛才應該都還在教室裡的她。

看來她好像在不知不覺間離開了教室。

「啊～總覺得我也想對他潑飲料啦～」

一個男學生這麼說道，然後跟剛才的高梨一樣拿著寶特瓶走近我，直接把飲料從我頭頂上淋下來。

這次不是喝到一半，而是才剛開封的飲料，所以我連制服褲子都濕透了。

看到我這副模樣，班上同學們哈哈大笑。

……什麼跟什麼啊。

從那天開始，班上所有同學就以透矢為中心，開始集體霸凌我。

◇◇◇

從透矢跟我絕交的那天起，我每天都遭到霸凌。

我的桌子一定會被寫滿各種難聽的話，就算擦掉，幾分鐘後又會被人寫上去。當然，無論向誰搭話，所有人都會無視我。不知道是否在模仿漫畫或電視劇，我一進單間廁所就被潑了一整個水桶的水。這些全是透矢的指示。

這樣的情況持續了一個月，我的身心都因此殘破不堪。

……就算這樣，我還是繼續去上學。

因為我想跟透矢與瑠衣凛再好好地談一次。

雖然遭到透矢霸凌，他還叫我「再也別跟他扯上關係」，但我還是希望最後能有一次機會好好溝通。

縱然他不原諒我也無妨，我想至少要為了自己做過的事誠懇地道歉。

我抱持著這種想法，即使遭到霸凌，還是每天不斷向透矢搭話，但他一次也沒有回應過我。同樣地，我也試圖向瑠衣凛搭話，但總是被同班同學阻擾，甚至無法靠近她。

……然而，我並不認為是瑠衣凛把我告白的事告訴透矢。

身為從小跟她一起長大的兒時玩伴，我實在不認為她會做出那種事。

總之，不管被閃避或無視幾次，我都不斷向兩人搭話。

「KINU，你可以適可而止了嗎？」

放學後的校舍後方。透矢這麼說，狠狠地瞪著我。

我今天也不斷向透矢搭話，於是他要我放學後到校舍後方聊聊。

我本來很開心總算有可以對話的機會，但看來他似乎是為了讓我停止這種一廂情願的行動，才把我叫到校舍後方。

「你每天都不嫌煩地跑來跟我搭話，而且我明明叫你別再跟我們扯上關係，但你好像也在騷擾瑠衣凜呢。」

「我只是想好好向你們兩人道歉……」

「用不著那樣假惺惺。我再說一次，你別再跟我們扯上關係。」

透矢這麼宣告後便準備離開。

他這種模樣讓我覺得有種突兀感……不，不只是現在。透矢宣告要跟我絕交那天，我也在他身上感受到一種難以言喻的不對勁。

「欸，透矢，你到底怎麼啦？那個……我的確對你做了很差勁的事……但該怎麼說……雖然由我來說這種話也不太對……總覺得這樣不像你的作風。」

「不像我的作風……？」

透矢轉過頭，銳利地瞪著我並走近。

接著他一把抓住我的衣襟，順勢把我推撞到牆壁上。

「唔啊！」

我的背受到劇烈衝擊，使我不禁發出哀號。透矢的個子比我高很多，身材雖然精瘦，但力氣很大，也因此我完全動彈不得。

「說到底，都要怪你向瑠衣凜告白吧。明明如此，我對你發火，你就說這不像我的作風？別開玩笑了！」

「不……不是……我想說的不是這些……」

「給我閉嘴。」

透矢恐嚇似的這麼說完，像要丟掉我般放開了我的衣襟。

我因此倒在地上。好痛……

「……不過，好吧。如果你說最近的我不像我，我就告訴你真相吧。」

透矢輕蔑似的俯視著我。

他這時的表情是我跟他相處這麼久以來看過最恐怖的表情。

他說真相，究竟是指什麼……？

正當我感到疑問時，他開口說了起來。

「我啊，從跟你相遇那時起就一直很討厭你。我很討厭明明什麼都不如我，卻總是待在我身旁的你。」

「！你……你在說什麼啊。我們不是從小一起長大嗎！」

透矢突如其來的一番話讓我陷入混亂。

因為這太令人難以置信了。我們可是從小一起長大，也一直在同一支隊伍裡踢足球。明明如此，透矢卻說他討厭我……

「我就是在說我很討厭一直跟你綁在一起。可是因為有瑠衣凛在，我才逼不得已也陪著你，但我其實連一秒鐘都不想跟你待在一起。」

「你……你騙人……你一定是在說謊……」

我喃喃自語似的說道，於是透矢搖了頭。

「我沒有騙你。無論是以前或現在，我都很討厭你。」

透矢瞪著我，同時斬釘截鐵地斷言了。

不管我是否願意，這都讓我明白了透矢真的很討厭我這個事實。

「所以你別再接近我跟我的女友了。」

彷彿要給予致命一擊，透矢這麼放話。我沒辦法做出任何反駁。

之後透矢似乎沒有話要跟我說了，準備離開現場。

「慢著……先等一下！最後讓我問一個問題！」

「……要問什麼？我跟你已經沒什麼好說了。」

透矢的眼神冰冷得彷彿被他看著的我會凍僵一般。

好可怕……但是，我有一件事無論如何都必須向他問清楚。

「說出我告白這件事的，果然是瑠衣凜嗎？」

「那是當然啊。不然還會有誰？」

「不……不會吧……可是，她不是那樣的人……」

即使聽到透矢回答，從小跟瑠衣凜一起長大的我還是很難想像她會把某人對自己告白的事情說出去。

「她不是那樣的人？你為什麼能這麼斷言？瑠衣凜說不定其實根本不喜歡你。」

「咦……」

瑠衣凜討厭我……我想相信那不可能，但既然透矢討厭我，瑠衣凜該不會也一樣吧……我也忍不住這麼心想。

「這點好像不說出來比較好啊。算了，怎樣都無所謂啦。」

透矢興趣缺缺似的這麼說完——

「那掰掰啦，KINU。」

只留下這句話便離開了。

另一方面，我則是無法整理好自己的心情，連一步也動不了。

「……這到底是怎麼一回事啊。」

感覺實在太莫名其妙，我不禁抱頭苦惱起來。

透矢他討厭我，瑠衣凛說不定也討厭我。

假如瑠衣凛真的討厭我……

認為他們兩人是很重要的好友，把他們當成兒時玩伴的好像只有我。

「這就是所謂的報應嗎……」

我背叛好友的行為澈底受到了懲罰。完全是自作自受。

好友跟我絕交，一直暗戀的兒時玩伴說不定也討厭我。

「……我該怎麼辦才好？」

沒有任何人聽見我求助似的這麼低喃的話語。

隔天，我沒有去上學。

◇◇◇

我一直請假沒去上學，就這樣過了兩個星期。

我說不定已經一腳——不，是兩腳踏進拒絕上學的坑了。

儘管如此，我還是提不起勁去學校。
就算去上學，也只會被同班同學霸凌。
反正不管是透矢還是瑠衣凜都對我……
「瑠衣凜那傢伙，果然把我告白的事告訴透矢了啊。」
明明這時間學校已經開始上課，我卻依然躲在被窩裡這麼喃喃自語。
在我請假沒去上學的期間，瑠衣凜一次也沒有跟我聯絡。
以往只要碰到這種情況，她總會打電話關心或是來家裡探望我。
……可是，這次卻無聲無息。自從她跟透矢開始交往，就完全沒跟我聯絡。
該不會瑠衣凜是為了跟透矢在一起，一直在利用我？
我最近甚至開始浮現這樣的想法。
再怎麼說那也太扯了……我無法這麼斷言。果然是因為透矢那件事。
我愈想愈覺得瑠衣凜是在利用我，她其實討厭我……這樣的思考逐漸支配我的腦袋……

「別開玩笑了。」

拒絕上學經過一個月時，我開始憎恨瑠衣凜。

不只她，我也憎恨透矢。

他們兩人現在一定在嘲笑我。

我的確做錯了事……可是，這樣對我也太過分了吧。

真希望瑠衣凛與透矢也遭遇跟我一樣慘痛的事，感受這樣的痛苦……

雖然這麼心想，我還是把透矢當成好友。

我對瑠衣凛的心意也依然不變。

我現在也能斬釘截鐵地主張我喜歡她。

我的心情亂成一團，不曉得究竟該如何是好。

然後我最憎恨的就是這樣的自己。

——我一定是個有害人物。

結果，後來直到畢業，我一次都沒有去上學。

◇◇◇

我拒絕上學後過了大約一年，從國中生變成了高中生。

雖然國三那一年我幾乎都沒去學校，我還是靠自己念了最起碼該念的書。
老實說我有些煩惱要不要去考試，但為了不給父母添麻煩，我還是決定參加考試。
就這樣，我報考了家附近的學校——星蘭高中，而且順利考上了。
……說是這麼說，我還是提不起勁去上學，一次也沒有去學校，結果還是給父母添了麻煩。

「好耶！二十擊殺達成！」
我在自己的房間裡玩著最近流行的射擊類大逃殺遊戲，同時開心地這麼大叫。
自從開始藺居在家，我澈底迷上了電玩遊戲。
我現在一天有大半時間都奉獻給電玩遊戲了。
『才二十擊殺而已，你高興過頭了吧。』
一個囂張的男生聲音透過耳機傳了過來。
「你很吵耶。我的技術又不像你那麼厲害。」
『沒那回事，我覺得KINU你也很厲害喔……雖然遠遠不及我啦。』
「你那種說法是怎樣，讓人超級火大耶～」
我這麼說，於是對方哈哈大笑。
這個男生名叫圓圈圈，是我透過遊戲認識的玩伴。當然圓圈圈並不是他的本名，而是他在遊戲裡使用的玩家名稱。

我也用「ＫＮ」這個玩家名稱在玩遊戲，但因為ＫＮ不好稱呼，圓圈圈都叫我KINU。

『那我差不多該收工了。』

「咦，你不玩了嗎？」

『什麼不玩了……我已經玩了大概五小時吧。』

「畢竟如果是短時間，你總會陪我玩，偶爾才會陪我一起長時間玩遊戲。如果是跟你一起，我還能再玩五小時。」

『你這麼說我是很開心啦，不過饒了我吧。』

腦中可以浮現圓圈圈露出苦笑的模樣。沒辦法，今天就放他一馬吧。

『明天再一起玩遊戲吧。』

「好，明天來打排名賽。」

『ＯＫ，再見啦～』

這句話傳來後便聽不見圓圈圈的聲音了。

我關掉遊戲機的電源，躺到床上。

「現在是社團活動的時間嗎……」

下午四點過後。如果國中時沒發生任何事，我現在應該在高中足球隊努力練習吧……可是，我現在甚至沒去碰足球。

……哎，不過打電玩也很開心，不踢足球也沒關係吧。

就在我這麼心想時，有人叩叩地敲了房門。

對喔，媽媽今天好像不用上班。

不過無論經過多久，都沒聽見媽媽的聲音……怎……怎麼回事？

正當我感到不解時，總算有個聲音隔著房門傳來。

「健司同學，我是你的班導師，叫作桐谷翔。」

是個感覺有些軟弱的陌生男人的聲音。

老實說，雖然連臉都沒看到，但我不禁心想對方一定是個沒什麼用的人吧。

——然而，這時的我還不知道。

不知道他會拯救宛如廢物的我。

第二章　班級導師

高中生活開始後的這兩個月，我一次也沒去上學，於是終於有教師來家庭訪問了。要順便補充一下的話，教師現在就站在我的房間前面。

我根本沒聽說有老師會來……大概是媽媽一直瞞著我吧。她八成是覺得我要是聽說這件事一定會開溜。

「要不要跟我聊一下？」

班導——是叫桐谷嗎？他隔著房門這麼問我。

「吵死了，我沒什麼話要跟老師說的。」

但我立刻這麼回應。

真的是在浪費時間。乾脆我自己一個人再玩一次遊戲好了。

「我並沒有想要勉強你去上學，我只是想跟你聊聊。」

桐谷用像是要讓人感到安心的語調緩緩地這麼說道。

……可是，我一點也沒有被打動。

什麼沒有想要勉強我去上學啊，既然這樣，為什麼老師還會跑來我家？

「能請你打開門嗎？」

「就說我沒什麼話要跟老師說啦！」

我很清楚老師只會出一張嘴，不會幫任何忙。

國中時我每天都被透矢與同班同學霸凌。

關於這件事，老師……至少班導是知情的。

畢竟教室的桌子上寫滿了各種難聽的話，班導也曾經碰巧撞見我被痛扁一頓的現場。

……但不知是否不想給自己找麻煩，班導一直裝作沒看見。

他擺出什麼都不知道的表情在上課，也照常每天開班會。

看到那傢伙，我這麼想了：老師這種人根本是混帳。

「我知道了。那我就自己講自己的，你在那邊聽我說。這樣總行了吧？」

桐谷這麼詢問。老實說，我心想：當然不行啊。

……可是就算我這麼頂嘴，感覺這傢伙也不會回去。

於是我無可奈何，決定聽聽看他要說什麼。

……先打開遊戲機的電源好了。

「我以前也是個跟你很像的學生。」

然後我姑且聽聽桐谷要說什麼，結果得知他在高中時代好像也只求不被當，偶爾才去上學，除此之外的時間都窩在家裡打電動。

據說他原本就是會顧慮周遭而不敢說出自己意見的個性，因此也對人際關係感到疲憊。

「就在這時候，我遇見改變了我的人。」

那是當時跟桐谷同年級的女學生，似乎是她改變了桐谷。

她是個每天都會穿著校規禁止的連帽外套去學校，有些特立獨行的人。

「可是她這個人不會隨波逐流，會堅持自己認為正確的事情。她總是活得像自己。」

跟這樣的她愈來愈熟後，桐谷也決定要活得像自己。

然後為了盡可能幫助像以前的自己那樣的學生，他決定當老師。

「繭居在家並不是壞事。我想告訴健司同學的是，就算窩在家也無妨，重要的是你現在是否能做到自己真正想做的事、是否能活得像自己。」

哎，雖然這番話也是跟改變了我的人現學現賣啦……桐谷這麼說。

就剛才聽到的內容判斷，這個老師好像真的不打算勉強我去上學。他跟以前的老師不一樣。

活得像自己嗎……這番話讓我莫名感到在意。

「可是，我不是很懂什麼叫活得像自己。」

我還不信任桐谷這個人……但我開始覺得想跟他聊一下了。

老實說，我也不認為一直維持現狀就好。

……然而我也不曉得該怎麼做。

如果是他，說不定能改變這種現狀……我稍微抱持了這樣的期待。

「不要緊喔。」

溫暖的聲音隔著房門回應我。

「我也會幫忙，一起找出屬於你自己的風格吧。」

桐谷——不，桐谷老師接著這麼說了。

聽到他這番話，我剛才抱持的期待愈來愈強烈——

「你真的會幫我找到嗎？」

我打開房門這麼詢問。桐谷老師跟我猜想的一樣，外表看起來有些軟弱。

……但跟外表相反，他散發出感覺很可靠的氛圍。

另一方面，與我面對面的桐谷老師稍微嚇了一跳。大概是因為我突然打開房門，還有我頂著蓬亂的頭髮配上鬆垮的衣服，一副就是繭居族的打扮吧。

「當然嘍。因為我是你的班導啊。」

桐谷老師用笑容回答我的疑問。那是讓人感到安心的溫柔笑容。

「那個……你明天也會來看我嗎？」

於是我自然而然脫口說出這樣的話。

「當然了。」

桐谷老師毫不猶豫地立刻回應我。

對於這樣的他，我這麼心想……

如果是這個人，說不定真的可以——

然後在這個瞬間，我的人生再次動了起來。

◇◇◇

「那我告辭了。」

桐谷老師在玄關穿上鞋子後，向我打招呼。

媽媽臨時有緊急的工作要處理，家裡只剩我跟桐谷老師。

「桐谷老師，可以問你一個問題嗎？」

「怎麼了？想問什麼儘管問。」

「就是……剛才提到的那個改變了老師人生的連帽外套女生，是怎樣的人呢？」

聽桐谷老師說話時，我就一直在想這件事。

能夠改變某人的人究竟是怎樣的人？

「怎樣的人嗎？我想想。她是全校最出名的問題人物，常搞出一些很誇張的事情。」

像是未經教師許可就擅自開始快閃活動，或是在文化祭表演《羅密歐與茱麗葉》這齣戲時，扮演茱麗葉的她獨斷地把結局從悲劇改編成喜劇。

聽說是一個非常亂來的女學生。

「咦咦！這樣啊……」

……我真的可以期待這個人嗎？

「那她現在在做什麼？」

「現在？她現在……」

桐谷老師表現出好像難以回答的反應。她該不會是誤入歧途了吧？

「唔喔，抱歉。」

這時，他從長褲口袋裡拿出手機。

是有人傳訊息給他嗎？

「……很好。」

桐谷老師突然握拳叫好……這個人在幹嘛啊？
「健司同學，關於連帽外套女生現在在做什麼——」
桐谷老師轉過頭來，繼續剛才的話題。
「嗯，她在做什麼呢？」
我接著這麼詢問。總之希望她沒有變成壞人就好……
然而跟我的不安相反，桐谷老師這麼回答了：
「她現在是好萊塢女演員喔。」
這麼回答的桐谷老師露出看起來非常高興的表情。
我在同時這麼心想：
改變了桐谷老師的人，一定是個非常出色的人吧——

◇◇◇

桐谷老師來家庭訪問的隔天，我在他來訪前跟圓圈圈稍微玩了一下遊戲。
……呃，我的確認為維持現狀並不好喔。
可是，我也很喜歡玩遊戲……忍不住就會沉迷其中。

『欸，KINU。』

「嗯？什麼事？」

玩遊戲的中途，圓圈圈呼喚了我。順帶一提，我們在玩的遊戲是昨天也玩過，目前正流行的射擊類大逃殺遊戲。

『發生什麼好事了嗎？』

「怎麼突然這麼說？」

『因為你今天的動作感覺超級俐落啊。』

就跟圓圈圈說的一樣，我今天的表現非常出色，已經連續三戰維持十擊殺以上的紀錄。

「……沒發生什麼好事啦。」

『真可疑呢……該不會是交到女友了？』

「…………」

『咦？真的交到啦？』

「啊，抱歉。我剛才集中精神在玩遊戲，沒在聽你說話。」

『什……什麼啊。別嚇我啦……』

圓圈圈發出稍微鬆了口氣似的聲音。

「所以，你剛才說什麼？什麼女友的？我怎麼可能交得到女友啊。」

『就……就是說嘛！KINU你怎麼可能交得到女友嘛！』

圓圈圈特意重複我說的話。是不能稍微安慰我一下嗎？

「別說女友了，除了家人以外，我甚至沒有可以正常交談的對象。比較熟的人大概只有圓圈圈你吧。」

『喔！KINU你得感謝我啊！』

「是是是，謝謝你啊～」

『完全感受不到你的誠意耶～』

我隨便道了聲謝，於是圓圈圈發出似乎很不滿的聲音。

……因為很難為情，對本人說不出口，但我真的很感謝圓圈圈。

在我拒絕上學後，對透矢和瑠衣凜的憎恨最強烈的那段時期。

儘管如此，我還是把透矢當成好友，也割捨不掉對瑠衣凜的心意，當時我的心情亂成一團，我非常討厭那樣的自己……

是圓圈圈拯救了當時已經不知該如何是好的我。

我是在為了消磨時間而開始打電玩時認識他的。

為了不讓自己胡思亂想，我每天都埋頭打電玩，於是技巧愈來愈高超，所以我試著將遊玩的剪輯精華（比較短的影片）上傳到ＳＮＳ。

……然而也沒有因此爆紅，正當我心想這就是現實的時候，突然有個陌生帳號傳送了訊息給我。

『KN你好，我看了影片！你很會玩呢！要不要一起玩？』

傳了這則訊息給我的人就是圓圈圈。

圓圈圈跟我一樣會把剪輯精華上傳到SNS……但他明明技巧遠比我強，卻完全沒有爆紅起來，讓人覺得有點遺憾。

……那麼，要說我對圓圈圈的訊息有什麼反應，我直接拒絕了他的邀請。

因為我當時還有點抗拒跟連長相都不知道的人一起玩遊戲，而且萬一他是個講話超難聽的傢伙，我也不想跟他一起玩……

因此，我非常禮貌地拒絕了圓圈圈的邀請，沒想到他居然在我拒絕的隔天又傳送了訊息過來。

『我無論如何都想跟KN一起玩！』

我當然也拒絕了這次邀請，但……

『KN，一起玩吧！』『如果跟KN一起玩，一定會很開心吧！』『你不覺得KN跟圓圈圈會是好搭檔嗎？』『KN！跟我一起玩的話會有好事發生喔！』『KN！KN！KN！』

不管我怎麼拒絕，他都還是一直跑來邀請我。
這傢伙太纏人了吧！
就這樣，最終我擋不住圓圈圈的熱烈邀請，決定跟他一起玩一次遊戲。
於是我發現跟別人一起玩遊戲比自己一個人玩要開心好幾倍，只有這個時候我能夠自然地忘記透矢和瑠衣凛的事。
後來我就經常跟圓圈圈一起玩遊戲了。
『可是今天的KINU果然表現得很精彩呢。有發生什麼好事對吧？』
「你……」
為什麼這傢伙的直覺這麼敏銳？雖說我們認識了將近一年，他了解我的程度甚至感覺有點噁心耶。
或許這種地方也是我們能一起玩這麼久的理由。
「圓圈圈，其實啊……」
我告訴他高中的班導——也就是桐谷老師昨天來家庭訪問的事。
高中時期的桐谷老師原本跟現在的我一樣繭居在家，後來有個同年級的女生改變了他。
他跟我聊了這樣的經驗談，想在真正的意義上幫助我。
包含這些在內，我將昨天發生的事情都告訴圓圈圈，於是——

K.N！

『是個好老師嘛！』

圓圈圈開心似的說道。

「哎，雖然我還不信任他就是了。」

『KINU你嘴上這麼說，其實也有點覺得他是個好老師吧～～』

圓圈圈用像是在說「我什麼都知道喔～～」的語調這麼主張。

他這個人真的很煩耶……

『這表示你去上學的日子也不遠了嗎？』

「……天曉得。」

桐谷老師也說藺居這件事本身並不是壞事。

我還不確定會不會去上學。

『上學很棒喔～～很有趣耶～～』

「你說很有趣……說到底，你到底幾歲啊？你現在是學生嗎？」

我對圓圈圈一無所知，應該說就算我提出疑問也總會被他岔開話題。明明我很信賴他，因為不想有事瞞著他，還坦承了我是高中生這件事。

『你問我幾歲嗎？』

「對，至少可以告訴我這個吧？」

我這麼詢問，於是圓圈圈發出「嗯～～」的聲音煩惱一陣子後——

『這是祕密☆』

惡作劇似的這麼說了……這傢伙果然很煩人。

◆◆◆

某個假日。我——相馬瑠衣凛來到了遊樂園。

我並不是一個人，而是跟從大約一年前開始交往的透矢同學一起來的。簡單說，就是約會。

「雲霄飛車速度挺快的，刺激的程度剛好，很好玩耶！」

在大批人潮來往交錯的遊樂園裡，走在我身旁的透矢同學開心似的向我搭話。

「嗯，對呀。」

我面帶笑容回應他的話。

但不知為何，透矢同學目不轉睛地盯著我。

「怎……怎麼了？」

「呃，那個……抱歉，妳好像玩得不是很開心。」

「咦……沒……沒那回事。我也覺得很好玩。」
儘管我這麼說，透矢同學還是搖了搖頭。
「即使是我也看得出現在的妳並沒有樂在其中，畢竟我們從小一起長大嘛。」
透矢同學一臉悲傷地這麼說道，而我無法否認他這番話。
因為他說的是事實。
與其說我覺得雲霄飛車不好玩，不如說我根本無法享受與他的約會。
「哎，也是會有這種時候。先別說這些了，接著去玩玩看自由落體吧。」
「……嗯，好。」
我點頭同意透矢同學的提議。
於是他轉頭看向我，朝我伸出了手。
「人這麼多很危險，對吧？」
透矢同學露出溫柔的笑容。如果是情侶，這種時候理所當然會牽手吧。可是我……
「那個……我不要緊。我又不是小孩子。」
「……這樣啊。說得也是……」
透矢同學落寞似的低下頭。看到這樣的他，讓我的胸口揪了起來。
以往他好幾次想跟我牽手或是擁抱，用各種方式想跟我有更親密的接觸，但我都像剛才那樣避開了。

雖說交往了將近一年，我們的關係沒有絲毫進展。

從交往那時起……不對，應該說從國中KINU再也沒來上學後就一直停留在原地。

……不管怎麼想，這樣都不好。

「欸，透矢同學，我們還是——」

「動作不快點的話，人會愈來愈多，我們去那邊排隊吧！」

透矢同學像要打斷我的話，這麼說了。

接著他一個人前往自由落體的排隊隊伍。

簡直就像在逃避我一樣……

「……我知道了。」

我小聲地回應，跟在透矢同學後面追了上去。

這樣下去並不好。雖然知道不好，但透矢同學是從小學就認識的朋友，無論有什麼理由，答應了他的告白的我也有責任。

所以就算我想跟他分手，也無法態度強硬地說出口。

即使我想鼓起勇氣告訴他，他也會像剛才那樣逃開。

這樣的情況從大約半年前就一直持續到現在。

「……我真是差勁。」
儘管這麼心想，今天也無法傳達給透矢同學吧。
我非常討厭這樣的自己。
……我究竟該怎麼做才好？

◇◇◇

「欸，桐谷老師。」
平日傍晚。如果要上學，已經是放學後的時間。
父母因為要工作都不在家，我不知為何在自己的房間裡跟桐谷老師一起玩遊戲。
「嗯？怎麼了？」
「老師你會不會太強啦！」
我玩著遊戲，同時向坐在床上的桐谷老師這麼說了。
我們正在玩大家都很熟的格鬥遊戲《沼澤大亂鬥》。這是把敵人推落到場外，最後留在場內者獲勝的遊戲，規則單純，玩起來卻相當深奧。
然後我正在跟桐谷老師對戰，居然已經十連敗了。

這也跟大逃殺遊戲一樣，是我擅長的遊戲之一……身為一個繭居族玩家，這實在讓我大受打擊。

「哎，因為我對這個遊戲略有研究嘛。」

「不不不，這絕對不是略有研究而已吧！」

我可是十場比賽都輸得一場糊塗，完全無力招架桐谷老師。

「……話說，老師你今天也只是來玩遊戲嗎？」

自從第一次家庭訪問後，桐谷老師只要工作有空檔就一定會來我家拜訪。

……然而就跟他一開始說的一樣，他真的不打算勉強我去上學。

豈止如此，他一來我家就是跟我一起打電玩，或是跟我聊最近MeTube上的推薦影片。

「今天的話先玩遊戲就好了。」

「你每次都這麼說耶。」

我指出這一點，於是桐谷老師露出苦笑。如果由別人來看，或許會覺得他明明是老師，到底是在做什麼……但我大概知道他的目的。

「已經這麼晚了嗎？我差不多該回去了。」

桐谷老師看手機確認時間後，拿著包包站了起來。

之後我們兩人一起前往玄關。

「下次我應該兩天後可以過來吧。」
「這……這樣啊。我知道了……」
就如同桐谷老師說的，他會再來我家吧。
也可以感受到他跟我說話時會注意用詞以免傷害到我。
我覺得他跟以前的老師不同，是真的想要幫助我。
既然這樣——我也應該回應他的行動吧？
我看著桐谷老師伸手握住門把的背影，這麼心想。
「老師，先等一下。」
我挽留準備離開的桐谷老師。
他露出不解的表情轉頭看向我。
接著我開始述說大概是他希望聽到的話。
「我啊，其實從國中開始就沒去上學了。」
「！你突然是怎麼了？」
「並沒有很突然吧。老師應該也在等我說出我拒絕上學的原因。」
平常總是若無其事地一起玩遊戲和聊天，桐谷老師絕不會探聽我有什麼祕密，我也不會提關於自己的事。

……但我隱約察覺到了。

老師大概是在等待我主動說出關於自己的事。

「的確是呢。畢竟都來你家這麼多趟了，也難怪會穿幫嗎？」

「嗯，你的企圖很明顯啊。」

不過他不會硬要我說出關於自己的事，這點真的是教師的楷模。

正因為是這樣的他，我現在才會想說出關於自己的事。

「所以，我接下來想說我變成這樣的原因……」

「嗯，讓我聽聽看吧。」

桐谷老師脫掉鞋子，再次走上玄關。

為了方便談話，我們前往客廳。

我們兩人一起移動到客廳後，我告訴他讓我開始拒絕上學的原因。

我忍不住向好友透矢喜歡的人，同時也是我兒時玩伴的瑠衣凜告白。

因為這個緣故，同班同學以透矢為中心開始霸凌我。

其實透矢從很久以前就一直討厭我，瑠衣凜說不定也是從小就為了跟透矢在一起而利用我。

我向桐谷老師坦承國中三年級時發生的所有事情。

「……這樣啊。」

聽完我說的話，桐谷老師只低喃了這麼一聲。

他沒有說「真是辛苦你了」或是「一定很難受吧」之類的話，應該是因為拒絕上學的原因一方面也是我自己造成的吧。

說起來，都是因為我向好友喜歡的人告白。

「我也知道是自己不好啦。」

就算這樣，被一起長大的透矢討厭，而且可能也被瑠衣凜利用，這兩件事還是讓我大受打擊。

所以老實說，雖然這樣很任性，我內心還是殘留著對他們兩人的憎恨。

……不過我也想跟透矢變回好友，喜歡瑠衣凜的心情也還完全沒有消失。

我討厭這樣的自己……

「我已經不曉得該怎麼做了。」

我述說完畢後，最後用蚊子般的音量這麼低喃。

於是，跟國中時不同，這次有人認真地回應我。

「我認為這世上根本不存在沒有任何錯誤的人生。」

桐谷老師用溫和的聲音把想法化為言語，接著說：

「因為，假如有人活到現在都沒做錯任何事，那就表示他從未跟任何人吵架，就連一次小小的謊言都沒說過對吧？你覺得那種人存在嗎？」

「……可能不存在吧。」

我這麼回應，於是桐谷老師露出溫暖的笑容說了：「對吧？」

「這麼一想，就覺得所有人都是在錯誤中成長的。」

所以，我向透矢喜歡的人告白——

我憎恨透矢與瑠衣凜——

就算這樣，我還是想再次跟透矢變成好友，也還喜歡著瑠衣凜——

「或許這些事都是錯的，但我希望你不要因此討厭自己。」

桐谷老師在最後用溫柔的語調這麼告訴我。

「可是我……」

不要討厭自己這種事，我不可能辦得到。

即使聽了桐谷老師這番話，我還是忍不住這麼心想。

桐谷老師看到我這副模樣，突然說起這樣的話：

「我說，跟健司同學你第一次交談的時候，我曾經說過要陪你一起找出屬於你自己的風格對吧。」

桐谷老師的確那麼說過。

他說重要的是現在這個瞬間自己是否能做到想做的事、是否活得像自己……我回他但我不是很懂什麼叫活得像自己，於是他說會陪我一起找出屬於我自己的風格。

「我認為要活得像你自己，首先必須喜歡自己。」

「我要喜歡我自己……」

「嗯，沒錯。因為不喜歡自己的人，根本無法活得像自己吧。」

我認為桐谷老師這番話是正確的。

一直討厭自己也讓我覺得很難受、很痛苦。

……但是，自從發生那件事後，不管做什麼或有什麼開心的事，我的內心某處總會有對透矢跟瑠衣凜的罪惡感，甚至無法打從心底露出笑容。

「我該怎麼做才能喜歡自己？」

回過神時，我發現自己很沒出息地在求助。

話才剛說出口，我就覺得自己真是個無藥可救的傢伙。

不過，桐谷老師並沒有感到傻眼或是拋棄我，他很認真地替現在的我著想，給我建議。

「只要你接納自己錯誤的行為，應該就可以了吧？」

「接納錯誤的行為……？」

我不懂桐谷老師這番話的意思，感到有些困惑。

或許是察覺到我的困惑，老師細心地向我說明：

「所謂的接納，就是你本身要承認曾經犯錯的自己。」

向透矢喜歡的人告白的自己。

忍不住憎恨透矢與瑠衣凜的自己。

就算這樣，還是想跟透矢變回好友的自己。

依然喜歡瑠衣凜的自己——

要承認這個充滿錯誤的自己。

「不小心犯錯的健司同學也是健司同學，所以你必須反省，但我想應該不用否定錯誤的自己吧。」

「不用否定錯誤的自己……」

我明白桐谷老師想傳達的意思了。

但是，雖然對老師很不好意思，我還沒辦法……

「比起我說的話，說不定還是這個比較有用。」

正當我什麼話都說不出來時，桐谷老師從公事包裡面拿出某樣東西。

接著他把那東西遞給我。

「……電影票？」

「沒錯。是好萊塢電影的票。」

「你說好萊塢電影……」

為什麼挑這種時候？我只感到疑問。

「只要看了這部電影，你說不定就能夠喜歡自己。」

「真……真的嗎……？」

我這麼詢問，於是桐谷老師點頭表示肯定。這時的他露出似乎頗有自信的表情。

「我……我知道了。」

我這麼回應後，收下電影票。

「啊，可是健司同學你現在要一個人看電影可能有點困難？要不要跟我一起去？」

「不，只是看場電影，我一個人也沒問題。雖說是繭居族，我也不是完全不敢外出。」

「這樣啊。那你繭居的程度跟高中時期的我差不多呢。」

「聽了好像也高興不起來耶……」

「不過，就算繭居程度相同，玩遊戲的技巧還是我高超好幾倍就是了。」

「這種話最不該對繭居的遊戲玩家說吧。下次我一定會贏的。」

我鼓起幹勁這麼說道，於是桐谷老師輕輕地笑了。
「那我想告訴你的話都說完了，我該走嘍。」
「喔……好。那個……謝謝你，老師。」
「我是老師嘛，這是應該的。」
桐谷老師說得著實像是理所當然。我坦率地心想他真是個厲害的人。
他走到玄關後，穿上鞋子並握住門把。
「下次我想等你看完那部電影再過來，所以大概會等一個星期後再來拜訪吧。」
「我知道了。我會在那一天前先好好地觀賞電影。」
桐谷老師點頭回應我的話後，打開大門離開了。
「他是個好老師呢……」
包括第一次碰面時到今天為止的事，我打從心底這麼認為了。
在我至今遇過的老師當中，桐谷老師絕對是最棒的老師。
「……可是，這部電影裡究竟有什麼呢？」
我望著電影票。
桐谷老師說只要看了這部電影，說不定就能喜歡自己。就算看片名，也只像是普通的電影……到底是怎樣的電影呢？

「……拜託了。」

我這麼低喃，滿心期待似的稍微用力握緊電影票。

◆◆◆

「水族館很好玩耶。」

假日。今天我也跟透矢同學出來約會。

就跟他說的一樣，我們今天去了水族館，現在正在回家的路上。

「像是海豚秀，那麼可愛的海豚居然跳到超級高的地方，虧我都是高中生了，還是忍不住有點興奮。」

「就是說呀。海豚真的很厲害呢。」

我附和看起來很開心地發表感想的透矢同學。

……可是，現在的我大概笑得很僵硬。

「下次約會要去哪裡好呢？」

「你說下次……你不用參加足球隊的練習嗎？你今天也說是一年級生休息。」

「這……不要緊。因為三年級生的最後一場大賽將至，新生好像會妨礙到他們練習。」

「這……這樣啊……」

因為我跟透矢同學就讀的高中不同，我並不清楚有關他們足球隊的事。

所以我只能相信他說的話……但他最近假日都跟我出門，真的沒問題嗎？

「！」

我的手機忽然收到通知。

一看之下，原來是在高中新交到的朋友傳了MINE給我。

我看了訊息，內容是說下次想一起出去玩。

我回覆了：「好啊～」

「瑠衣凜，妳在跟誰聯絡？」

透矢同學忽然這麼問了。

「是我在高中新交到的女生朋友，她約我下次一起玩。」

「哦～是怎樣的朋友？」

「什麼怎樣……就是個女生朋友啊。」

「這樣啊……」

透矢同學這麼說道，從旁邊移動到我面前，然後突然停下腳步。

「怎……怎麼了？」

「妳該不會嘴上這麼說，其實是在跟KINU聯絡吧？」

透矢同學這麼逼問我，表情有些恐怖。

「不是啦！真的是我朋友！」

「那讓我看妳的手機。」

他這番話讓我大吃一驚，我有一瞬間無法做出任何回應。

因為這實在不像是那個透矢同學會說的話。

他從小學開始就是個會為他人著想的人。踢足球時也是，即使隊友失誤也絕不會生氣，甚至會說自己來代替對方挽回分數。

明明如此……

「……我才不要。」

「為什麼？妳沒做虧心事的話，應該不怕我看吧？」

「是沒錯……但這樣很奇怪啊。」

我也可以按照透矢同學說的做。

……可是那樣的話，雖然我不太會表達，總覺得我跟透矢同學的關係會在各種意義上宣告結束。不只是作為情侶，作為朋友也是……

「那妳為什麼跟我在一起時總是悶悶不樂的樣子啊！」

透矢同學忽然這麼大喊。

……然而，他立刻猛然回神，稍微低下頭。

「抱歉，瑠衣凜……」

「沒關係，那個……我也很抱歉。」

透矢同學偶爾會對我說「妳看起來好像不覺得開心」，看來他似乎察覺到了。

察覺到我們每次約會，我從來沒有打從心底感到開心過。

「我說……瑠衣凜，妳稍微面向我。」

聽到透矢同學這麼呼喚，我將臉轉向他。

於是他突然把手指貼到我的下巴。

然後緩緩地將臉湊近——

「不要！」

我立刻推開透矢同學。

接著我馬上與他保持距離。

「……透矢同學，你為什麼突然這樣？」

「我們都交往一年了，我覺得可以更進一步了吧……」
「就算這樣……今天的你有點奇怪。」
「是啊……真的很抱歉。」
透矢同學低頭看向下方，很過意不去似的道歉。
「明明不應該是這樣的啊……」
他接著小聲地這麼喃喃自語。我也是一樣的心情。明明不該是這樣的，為什麼會變成這樣呢？
其實現在原本也可以像以前那樣，三個人一起開心地度過吧。
我思考著這些，然後這麼心想。
果然一直持續這種關係也沒有任何意義。
「透矢同學，我們——」
「辦不到。」
透矢同學又像平常那樣打斷我要說的話。
但我沒有放棄，我試著再次向他傳達。
「你好好聽我說！我跟你已經——」
「就說了辦不到！」

透矢同學比第一次更加強烈地否定。

「因為我只剩下瑠衣凜妳了。」

然後一臉寂寞地笑著這麼說了。

看到彷彿隨時會消失的他的表情，我無法再多說什麼。

一切肯定都為時已晚了吧。無論是透矢同學……或是KINU……

「下次約會就久違地去看電影吧。」

透矢同學露出跟剛才一樣的笑容提出下次約會的邀請。

「……嗯。」

我只能點頭答應。

……我跟透矢同學究竟是在哪裡做錯了呢？

第三章　充滿錯誤的自己

某天。我來到離家最近的車站附近的電影院。

當然是為了觀賞桐谷老師給我票的好萊塢電影。

「雖然沒跟桐谷老師說過，我基本上只會看日本電影……」

沒什麼特別的理由，我的人生中只看過一兩次洋片。

而且也是因為瑠衣凛與透矢邀我一起看……慢著，我怎麼突然想起這些啊。

總之，對洋片不熟的我在觀賞桐谷老師推薦的好萊塢電影後，真的能像他說的一樣喜歡上自己嗎？

雖然有些不安，總之我先到電影院裡的商店購買爆米花與飲料。

之後我把票拿給櫃臺人員看，移動到我要觀賞的好萊塢電影播映的影廳。

「居然是中間這排的正中央，這不是最好的座位嗎？」

我這麼低喃的同時，先坐了下來。距離播映只剩幾分鐘。

話說，這次的好萊塢電影片名是《自由》。

主角是叫作瑪莉的少女，從小就被身為律師的父親與身為醫生的母親施以英才教育，沒有任何自由可言。

在瑪莉升上高中後也一樣，她被迫學習各種才藝還有上補習班，甚至無法跟朋友一起出去玩。

在這樣的生活中，某天瑪莉遇到了隨心所欲地環遊世界的女性背包客——艾莉。以這次相遇為契機，以往只會乖乖照父母指示行動的瑪莉慢慢產生了變化。

這就是《自由》的內容。

「……這部片有日本人演出嗎？」

就在我瀏覽電影手冊時，發現演員名單裡有日本人的名字。

而且日本人是飾演女性背包客。

名字是……七瀨玲奈小姐嗎？我是對女演員不熟，不過完全沒聽過這個名字耶。

「喔，差不多要開始啦。」

播映前的預告影片播放完畢，響起了蜂鳴聲。

然後《自由》終於開演了。

開場可以看到身為主角的少女瑪莉正被父母責罵。她在考試中拿到高分，卻因為不是滿分而受到父母斥責……這對父母還真過分。

然後故事繼續進行，來到瑪莉與艾莉相遇的場景。

瑪莉在補習完要回家的路上，發現因為肚子餓倒在路邊的艾莉。個性溫柔的瑪莉無法置之不理，便跟艾莉一起到附近的速食店買了漢堡請她。

順帶一提，瑪莉的父母甚至不准她放學後跟朋友一起玩，所以對瑪莉而言，這是她第一次踏進速食店。於是背包客艾莉開始告訴瑪莉她自己的旅遊見聞，來作為漢堡的回禮。

『瑪莉妳知道大堡礁嗎？』

『知道啊。因為很有名嘛。』

在速食店裡，艾莉這麼詢問，於是瑪莉理所當然似的回答。

『那妳親眼看過嗎？』

『這……倒是沒有。』

聽到瑪莉這麼說，艾莉突然緊握住她的手。

『我跟妳說！那片大海很驚人喔！就好像有數不清的寶石在眼前閃閃發光！』

艾莉——不，是飾演艾莉的七瀨小姐簡直就像小孩一樣雙眼閃閃發亮。

……這個人真的在演戲嗎？

七瀨小姐看起來非常開心，甚至讓人不禁這麼懷疑。

之後的故事就是艾莉說了許多國家的各種趣聞，瑪莉開始被跟現在的自己過著相反生活的艾莉吸引。

在那之後，瑪莉每天都會在補習班或才藝課結束後，瞞著父母去聽艾莉說旅遊見聞。

就這樣，瑪莉漸漸地想要像艾莉那樣生活——

『媽媽、爸爸，其實我想當歌手。』

最終她向父母坦白自己一直悄悄抱持的夢想。

她的父母當然強烈反對，兩人對瑪莉的管教更加嚴格了。

然後就在某天，瑪莉補習後要回家時，久違地見到艾莉。因為自從告訴父母自己的夢想後，瑪莉的門禁時間就變得更嚴格，沒有時間跟艾莉聊天。

瑪莉因為在意門禁時間想要回家，但擔心她的艾莉強硬地挽留她，兩人決定好好談談。

接著瑪莉向艾莉坦白她將自己想成為歌手的夢想告訴父母，並熱烈述說她從小就嚮往當歌手，於是——

『那棒呆了啊！』

艾莉露出燦爛無比的笑容。

又來了。明明是在演戲，飾演艾莉的七瀨小姐卻讓人陷入一種她真的打從心底感到高興的感覺。

『想成為歌手。嗯！我覺得很棒！』

『是……是嗎？』

『對啊！我已經充分了解瑪莉妳的心情了……但妳該傳達的對象不是我，而是必須讓令尊與令堂了解這份心情！』

艾莉這番話讓瑪莉低下頭。

『……沒用的。因為媽媽和爸爸都非常反對。』

瑪莉看似不安地說道。

於是艾莉溫柔包覆似的握住瑪莉的雙手。

『沒問題的。或許以往曾發生許多令人難受的事，但妳的父母確實是愛妳的……他們只是有點過度保護妳而已。』

『……真的嗎？』

瑪莉這麼詢問，於是艾莉點了頭。

『所以只要妳盡全力把心情傳達給父母，他們一定會諒解的。』

艾莉像要讓瑪莉感到安心，用溫和的語調這麼說道……但她的話語帶著堅定，蘊含著能夠推動某人的力量。

老實說我不是很懂演技……但七瀨小姐有一種會自然地吸引人的神奇魅力。而那種魅力讓我的內心為之震撼。

之後瑪莉在艾莉的鼓勵下，像對艾莉述說那樣，再次盡全力向父母主張自己想當歌手的夢想，試著說服他們。兩人看到瑪莉的決心如此堅定，決定認同她去追逐夢想。

於是，大約五年後。

實現夢想的瑪莉邀請父母到演唱會會場，在兩人面前表演出道歌曲。

《自由》就這樣以圓滿大結局落幕。

「電影滿好看的耶。」

從電影院回家的路上，我一個人喃喃自語。

我好久沒看電影，不禁看得入迷了。

「……但是，看了這部電影後，要怎麼做才會喜歡自己呢？」

桐谷老師說只要看了電影，說不定就能夠喜歡自己。

……可是，根本沒有那種要素吧。雖然內容也是瑪莉實現夢想的勵志故事，但感覺跟喜歡上自己這件事沒什麼關係……

「對了，那個七瀨小姐到底是何方神聖呢？」

明明不是主角，卻很不可思議地讓人注意她的演技。

該怎麼說……雖然是在演戲，卻不是演技？

還是該說她在真正的意義上融入了角色？

「還有，總之她看起來就是很開心的樣子。」

一方面也是因為她飾演的就是那種角色，不過我想她本身在演戲的時候大概也是很快樂吧。

……雖然我的想法也可能全都是錯的啦。

「記得電影手冊好像有幾頁在介紹這次的演員……」

忽然想起這件事的我翻開電影手冊……找到了！

在介紹演員的那一頁，當然也寫著關於七瀨小姐的事情。

前途無量的好萊塢新銳女演員。本作品《自由》是她的出道作，似乎是今年業界注目的好萊塢女演員。

「是個很厲害的人耶……」

能當上好萊塢演員的日本人應該屈指可數，光是這點就夠厲害了，她竟然還是全世界注目的女演員……

「咦……這個人出身的學校跟我進的高中一樣嗎？」

介紹頁也寫著演員出身的高中，七瀨小姐是畢業於我入學之後至今仍一次也沒去過的星蘭高中。這麼厲害的人以前就在我念的高中嗎……

「這邊還有訪談啊。」

在我往下看的那一頁刊登著對七瀨小姐進行的訪談。

我有些在意，就看了一下。

根據訪談的內容，七瀨小姐似乎是從國中開始以好萊塢演員為目標，還有去上演員學校。高中畢業後她隻身前往美國，據說她英文說得沒有很流利，卻不斷報名試鏡。所以剛開始時，每次參加試鏡都會被瞧不起。

「她還真是亂來啊……」

我一邊看著七瀨小姐的訪談一邊喃喃自語。

但同時我也覺得她那份勇氣很猛，如果是我絕對辦不到。

七瀨小姐不斷報名試鏡，似乎是在約第五十次試鏡時，有某間事務所的老闆注意到她。老闆表示他第一次看到這麼蠢的傢伙。

後來七瀨小姐被挖角到那個老闆經營的事務所，澈底接受英文和演技指導。

有時好像也會受到很嚴格的指導，就算這樣，七瀨小姐也沒有氣餒，仍然不斷努力。成長後的她跟剛到美國時不可同日而語，成功當上了她夢想的好萊塢演員。

「……夢想嗎？」

我想起自己也有成為職業足球選手的夢想。

……不過，可以進入強校的推薦也泡湯了，一切為時已晚。

然後我繼續閱讀訪談，於是看到採訪者提出了這樣的問題。

『七瀨小姐認為自己為什麼能成為好萊塢演員呢？』

這點確實讓人好奇。七瀨小姐本身認為她為什麼能實現夢想呢？

我立刻看了她的回答。

『因為我總是活得像自己嘛！』

上面刊登著七瀨小姐滿面笑容的照片，搭配這樣的話。

她接著說道：

『從我想成為好萊塢演員那時開始，無論什麼時候我都不會對自己撒謊，一直用自己的風格生活！就算周圍有很多意見，我也不會放在心上，一直照自己想要的方式生活！』

即使碰到痛苦或難受的事，也朝著自己想走的道路向前衝。

這點似乎是她堅持不變的原則。

『我像這樣生活，然後就變成好萊塢演員了！』
七瀨小姐這麼回答，說法像是夢想在不知不覺間就實現了。
她就是那麼認真地朝著夢想在生活吧。
然後她在訪談的最後做了這樣的總結。

『因為活得像自己一定是比任何人生都還要快樂的事！』

看完訪談，我緩緩地闔上電影手冊。
「不對自己撒謊，活得像自己……嗎？」
七瀨小姐這麼說了。
這樣啊，所以她的演技才能像那樣吸引人。
因為她在演戲的時候，一定也活得像自己。
……那我又是怎麼樣呢？我試著思考。
我是否沒有對自己撒謊地在生活？
我是否活得像自己？
「……我沒做到啊。」

我每天都在玩電玩，除此之外的時間都只是在發呆或是睡懶覺。

我雖然喜歡玩電玩，但以我的情況來說，也沒有喜歡到要奉獻整個人生。

那我想怎麼做？

我其實想變成怎樣的人？

我暫時陷入思考——然後得到一個答案。

但是……

「真的這樣就好了嗎……？」

我對自己做出的結論抱持疑問。

因為，我總覺得那是無法被原諒的事……

「桐谷老師三天後才會來家裡嗎……」

必須跟老師談談的心情，與不想在對自己的答案抱持不安的狀態下與老師見面的心情摻雜在一起。

活得像自己嗎……？說起來很單純，卻非常困難。

我很敬佩在自己的人生中實行這點的七瀨小姐。

我也想試著像她那樣生活。

……但我真的能辦到嗎？

◆◆◆

「好久沒看洋片了耶。」

坐在隔壁座位的透矢同學這麼說道。

我今天也跟他約會，我們來到之前約好的電影院。

這麼說來，我好像也很久沒看洋片了。

上次應該是剛升上國中的時候，KINU、透矢同學跟我三人一起看的吧。

……慢著，我怎麼會想起這些事啊。

「妳也很期待吧？」

「咦……唔……嗯，對呀。」

透矢同學面帶笑容這麼詢問，我也用笑容回應。

但我一定就跟平常一樣笑得很僵……

自從在水族館約會完回家的途中發生那件事後，我跟透矢同學仍舊藕斷絲連地繼續情侶關係，明明彼此都覺得這樣下去不好……

「差不多要開始了。」

聽到透矢同學這麼說，我看向銀幕。

隨後響起蜂鳴聲，電影開始播映。

今天觀賞的電影片名是《自由》。

似乎是最近流行的電影。

開始的瞬間，我跟透矢同學都安靜地觀賞電影。

於是在電影裡登場的一個叫作艾莉的女性吸引了我的注意。

正確來說，是飾演艾莉這個角色，名叫七瀨玲奈的日本女性。

『我跟妳說！那片大海很驚人喔！就好像有數不清的寶石在眼前閃閃發光！』

七瀨小姐很開心似的形容。

甚至讓人產生一種「她其實不是在演戲吧？」的錯覺。

她看起來真的很開心……感覺有點羨慕她。

『那棒呆了啊！』

之後七瀨小姐也一直很開心似的在演戲。縱然有時並非那樣的場面，她的演技也能讓人感受到她很喜歡演戲的心情。

『所以只要妳盡全力把心情傳達給父母，他們一定會諒解的。』

而七瀨小姐的演技讓我打從心底感動不已。

同時我心想希望能變得像她一樣。

並不是說我想成為女演員，而是想要像她那樣生活！

看完電影後，我自然而然地這麼心想。

「原來七瀨小姐高中畢業後就一個人去了美國。」

離開電影院後，我望著電影手冊。

我正在看的那一頁刊登著對這次在好萊塢出道的七瀨小姐進行的訪談。

採訪者詢問七瀨小姐為什麼能當上夢想的好萊塢演員，於是七瀨小姐回答是因為她活得像自己。

另外她還這麼說了——

因為活得像自己一定是比任何人生都還要快樂的事！

看到這句話的瞬間，我的內心深處有某種聲音大聲迴盪。

「電影很精彩呢！」

走在旁邊的透矢同學向我搭話，像平常一樣面帶笑容。

他跟我說話的時候一直都掛著笑容。

……可是，他那張笑容一定跟七瀨小姐說的「活得像自己」完全相反——

「透矢同學，我有話要跟你說。」

我停下腳步這麼說了。於是透矢同學也停下腳步。

看了七瀨小姐的演技跟訪談後，我開始思考。

我現在是否活得像自己？

國中時我犯下了一個嚴重的錯誤。

無論有怎樣的理由，我都應該幫助KINU。

直到不久前，我一直認為一切為時已晚。

但是，一定還來得及補救。今天七瀨小姐讓我這麼心想。

「透矢同學，我們還是——」

「先等一下。」

我打算把話說出來時，又被透矢同學打斷了。

……然而，我不會再迷惘。為了我自己，也為了透矢同學。

我必須好好地告訴他。

不過——

「其實我也有話要跟妳說。」

出乎意料的是透矢同學說了這樣的話。

我大吃一驚，陷入沉默。
「可以請妳聽我說嗎？」
這麼詢問的透矢同學用認真的眼神看向我。
看來似乎是很重要的話。
「……嗯，我知道了。」
我輕輕點頭。
然後透矢同學開始對我說了。

◇◇◇

距離上次家庭訪問正好一星期後，也就是我看完電影的三天後。
桐谷老師按照約定來到我家。順帶一提，我爸媽今天也因為工作不在家。
「那我就直接問了，健司同學，你去看電影了嗎？」
我們兩人一起坐到客廳的沙發上，桐谷老師突然就這麼問了。
「我去看了，很好看。」
「這樣啊。那真是太好了。」

桐谷老師感到安心似的這麼說道，喝了一口我準備的熱茶。

「……那麼，你能夠喜歡自己了嗎？」

「在談這件事之前……老師，可以問你一個問題嗎？」

「？可以啊，什麼事？」

桐谷老師這麼反問，於是我說出看了電影與電影手冊後察覺的某件事。

「那個，在電影裡登場，叫作七瀨玲奈的日本女演員，該不會就是在高中時期改變了桐谷老師的人吧？」

我這個問題讓桐谷老師露出有些驚訝的表情。

但他接著有些害羞地笑了。

「被發現了嗎？」

「果然是這樣啊。」

七瀨小姐在訪談中說她不會對自己撒謊，一直活得像自己。

另一方面，我從桐谷老師本人口中聽說了改變他的同年級女生也是個總是活得像自己的人。

再加上桐谷老師曾經很開心地說改變他的同年級女生現在當上了好萊塢演員，而七瀨小姐也是好萊塢演員，這下幾乎可以確定她跟改變桐谷老師的女生是同一人物。

「所以老師覺得只要看了七瀨小姐演出的電影……應該說只要看到七瀨小姐，我就能喜歡上自己對吧？」

「的確是。因為七瀨在演戲時最能展現出她的風格，她本身也最喜歡演戲時的自己。」

所以老師才會覺得只要我看到演戲的七瀨小姐，應該也會喜歡上自己。

「老實說，就算看到七瀨小姐的演技，我還是無法喜歡上自己。」

「……這樣啊。」

桐谷老師一臉遺憾地低下頭。

但我這番話還有後續。

「可是，老師，認識七瀨小姐之後，讓我想停止討厭自己……我能夠這麼想了。」

向透矢喜歡的人告白的自己。

憎恨透矢與瑠衣凜的自己。

就算這樣，還是想再次跟透矢成為好友的自己。

現在還是喜歡瑠衣凜的自己。

雖然很討厭這樣的自己，但看到七瀨小姐後，我這麼心想——

如果像這樣一直討厭自己，難道不是一種逃避的行為嗎？

所以不要再討厭自己，接受一切吧。

承認這個沒出息又軟弱、充滿錯誤的自己吧。

雖然我能這麼想了……

「健司同學……？」

看到突然不說話的我，桐谷老師一臉擔心地呼喚我的名字。

而我無法立刻做出回應，沉默了一會後，我開口說道：

「桐谷老師，我真的這樣就好了嗎？」

我用軟弱無力到自己都覺得難為情的聲音這麼詢問。

如果能停止討厭自己、承認到目前為止做錯事的自己，我想一定能比現在更往前邁進。

但同時我也覺得若承認了做錯事的自己，好像就是在內心原諒自己至今做過的行為……

這樣的想法讓我猶豫不決。

「沒問題的。因為健司同學你不是那種會為了幫自己開脫，就原諒自己曾做過的行為的人。」

我說出一切後，桐谷老師只用溫柔的聲音說了這番話。

「……老師又知道了。」

「我知道喔。」

桐谷老師毫不猶豫地這麼回應我。

然後他接著說：

「因為我一直像這樣來你家，跟你聊了這麼多次啊。就算這樣，你也無法相信我說的話嗎？」

桐谷老師用充滿自信的語調這麼詢問。

一般來說，現在的我應該無法相信任何人的話。

因為我就是這麼優柔寡斷，無法對自己的決斷抱持自信。

但老師為了我付出這麼多，如果老師這麼說——

「……我想相信。」

我擠出聲音這麼回答了。

「既然這樣，你可以放心地承認到目前為止的你自己喔。」

我沒有開口回應老師這番話，而是以輕輕點頭來代替回答。

就在這個瞬間，我停止討厭自己。

我決定也承認那個沒出息又軟弱、充滿錯誤的自己。

這麼做之後，我隱約感覺身體好像稍微變輕盈了。

這說不定表示我現在向前邁進了一點點。

「還有啊，健司同學，慢慢來沒關係，我還是希望你可以漸漸喜歡上自己。」

「這……我會試著努力看看，希望有天能喜歡上自己。」

雖然沒辦法現在立刻做到……等我在內心把所有事情都整理好後，到時應該就能喜歡上自己。

「嗯。現在光是能聽到你這麼回答，我就很高興了。」

桐谷老師感到安心似的笑了。他是這麼地擔心我啊。

「那麼，已經承認到目前為止的自己後，你接下來想怎麼做？」

「那個……我還不曉得具體來說該怎麼做才能活得像自己……但是，我想先停止現在這種白甘墮落的生活。」

雖然桐谷老師說繭居也無妨，只要能活得像自己就好，但至少以我的情況來說，要活得像自己，一直待在家裡是不行的。

……我這麼告訴桐谷老師後——

「我認為你這個決斷很棒喔！」

他很是替我高興。看到老師這麼高興，我也覺得很開心，同時稍微鬆了口氣。

「那麼健司同學接下來就要從繭居族畢業啦。」

「姑且算是這樣吧。雖然我還沒決定是否要去學校。」

因為我想到外面走走，就算是去打工也完全沒問題。

總之，我想改變現在這種生活，為了盡可能向前邁進。

「不過，你能變得像這樣積極向前，真是太好了。」

假如你看了七瀨也沒有任何感覺，我就沒資格當老師了——桐谷老師接著這麼說。

「如果桐谷老師沒資格當老師，那全世界的老師都沒資格了。」

「不，你這麼說太誇張啦。」

「沒那回事。桐谷老師就是這麼棒的老師喔。」

我這麼說，於是桐谷老師一臉害羞地搔搔頭。

我並不是在說客套話。我真心認為他是個好老師，也很感謝他。

……可是，我對這樣的他還有一個疑問。

「桐谷老師，為什麼你會這麼關心我呢？」

「那當然是因為我是老師，而你是學生啊。老師幫助學生還需要理由嗎？」

「不需要……或許是這樣，但我總覺得桐谷老師你還有其他理由。」

桐谷老師很溫柔，或許他的確是以幫助學生的心情一直照顧我到現在。

……但他只要有時間就一定會來我家，也不會硬要打探我的祕密，一直很有耐心地與我對話，還特地給我七瀨小姐演出作品的票。

就算桐谷老師再溫柔，對一個普通學生做到這種地步，還是讓人有種突兀感。

第三章　充滿錯誤的自己

「這個嘛……雖然我沒那個意思，但說不定是因為健司同學你做了我沒能做到的事，才讓我更想幫助你。」

「我做了老師沒能做到的事……？」

即使聽到桐谷老師這麼說，我也完全不懂他這番話的意思。

我什麼時候做了他沒能做到的事呢？

「我在高中時代曾經有個喜歡的人。」

正當我感到有些困惑時，桐谷老師慢慢說了起來。

「我本來打算在畢業典禮那天向那個人告白……結果我沒能告白。」

「咦……為什麼？」

「因為她有個夢想，而且是非常遠大的夢想。」

桐谷老師這麼回答後，接著說：

「在準備告白的前一刻，我覺得比起傳達自己的心意，支持她的夢想會更好。」

桐谷老師或許是回想起當時的事，只見他露出看似很寂寞的表情。

在高中時代就有遠大的夢想，難道說……！

「老師喜歡的人該不會是——」

「沒錯，我曾經喜歡七瀨。不，老實說，我想我現在也喜歡她。」

在我話說到一半時，桐谷老師有些難為情似的這麼說了。
「那個……老師不去找她嗎？」
「去美國找她嗎？辦不到啦。因為我也有工作要做啊。」
桐谷老師微微笑著回應。
「而且她已經實現夢想，現在應該是她人生中最快樂的時候，我不想在這麼重要的時刻打擾她。」
「這……這樣啊……」
聽到桐谷老師這番話，我由衷感到尊敬。
居然有人能像這樣替喜歡的人著想。
「抱歉。好像有點離題了。」
桐谷老師這麼道歉後，接著說：
「換言之，我想說的是我沒能向喜歡的人傳達心意，但你向喜歡的人表達了心意，無論過程如何。或許因為這樣，我想幫助你的心情才會變強烈了一點。」
「原來是這樣啊……」
桐谷老師用溫和的語調說完，我只回了這麼一句話……但是，就像老師也說過的，我的告白過程實在太差勁，完全不值得稱讚。

「那麼，我差不多該回去了。」

聽到老師這麼說，我看了手機確認時間，發現老師來我家後已經過了一個小時。

他收拾好東西準備離開，前往玄關。

「那麼，從明天開始好好加油喔。」

「嗯……好。那個……桐谷老師，謝謝你幫了我這麼多。」

「嗯，那掰掰嘍。」

桐谷老師伸手握住門把的瞬間，我這麼心想。

我已經能夠揮別過去的自己，所以他今後一定不會再來我家了吧。

假如之後我選擇不去學校，有可能再也見不到他。

「桐谷老師！」

回過神時，我已經呼喚了他的名字。

「？怎麼了？」

「那個……多虧有老師，我才能獲得救贖。」

要是沒有桐谷老師，我現在也還繭居在家裡，一直不肯面對現實地虛度光陰吧。

桐谷老師對我而言是唯一的救世主。

所以──

「真的很謝謝你！」

為了確實向桐谷老師表達感謝，我再次誠心誠意地向他道謝。

「我也很慶幸能見到健司同學你喔。」

「老師……」

桐谷老師這番話讓我有點想哭。我過去曾被好友說他一直很討厭我，對我而言，很慶幸能見到我這句美好的話深深地打動了我的心。

「那掰掰嘍，健司同學。」

「……老師，掰掰。」

我們互相道別後，桐谷老師開門離開了。

他真的是個好老師。可以的話，我想再見到他。

……但是，在那之前我有非做不可的事。

「我必須好好決定接下來要怎麼做。」

以往因為思考將來只會讓我變得憂鬱，我完全不去思考這方面的事情。

但是，現在的我對思考未來感到雀躍期待。

這都是多虧了桐谷老師。

桐谷翔老師——真的是最棒的老師。

◇◇◇

桐谷老師回去後。

我躺在自己房間的床上，思考著關於今後的事情。

要改變這種繭居在家的情況，總之先到外面透透氣比較好。

無論是要上學或打工，還是參加志工活動也行。

那麼，我該怎麼做才能像桐谷老師說的一樣，像七瀨小姐在電影裡展現出來的那樣活得像自己呢？

充滿錯誤的我可以過有自己風格的人生嗎？

「……毫無頭緒啊。」

即使暫時陷入思考，也遲遲想不到答案。

哎，不可能那麼輕易就想到嗎……

「！」

這時忽然傳來東西掉落的聲響。

我轉過頭想確認是怎麼回事，只見足球掉落到地上。

是我國中時總是用來自主練習的專屬球。
「……對喔，我一直放在房間裡啊。」
藺居在家後我就完全不踢足球了，但也沒有丟掉這顆球，一直把它放在房間裡。
我走近那顆足球，把它撿了起來。
這顆球渾身是傷，殘留著我像笨蛋一樣努力練習的痕跡。
「我到底練得多勤奮啊。」
我看著足球，一個人這麼喃喃自語。
在跟透矢和瑠衣凜發生種種事情前，我一直拚命練習，立志成為職業選手。
「……好想再踢一次。」
我想再一次試著盡全力踢足球。
看到破爛不堪的足球，我這麼心想。
「還有，如果能跟同學和睦相處就好了。」
直到中學為止，我總是跟瑠衣凜與透矢待在一起。
雖然在社團裡有隊友，但我從沒跟他們一起玩……
除了兒時玩伴和好友，我沒有可以稱為朋友的人。
所以上高中之後，我想跟同學和睦相處，成為朋友。

如果是以前的我，八成會覺得為時已晚而放棄，然而多虧遇見了桐谷老師，我現在完全不會那麼想。

「如果要踢足球……還是想加入學校的足球隊啊。」

明明剛剛才要永別似的向桐谷老師道別，結果還是要去上學嗎？

……我這樣簡直尷尬到爆耶。

但是，我國中唸到一半便不再去上學，之後我的人生就停留在原地。

正因如此，我覺得要再次推動人生，學校是最好的場所。

考上高中之後，我已經兩個月以上都沒去上學。

假如我去上學了，同學們一定會用奇怪的眼光看我吧。

就算這樣，我還是想去學校，跟同學們變成朋友，還有加入足球隊盡全力踢我喜歡的足球——我想度過這種國中時沒能完成的學生生活。

因為這一定就是現在的我活得像自己的方式。

「總之，明天先去剪個頭髮吧。」

我摸了摸留得超長的頭髮。實在不能頂著這頭髮去上學。

像這樣準備齊全之後，就去上學吧。
同學們應該已經交到許多朋友了。
相對地，我當然是連一個認識的同學都沒有。
就這層意義來說，也讓人感到非常不安。
……不過比起不安，更覺得能度過跟至今截然不同的每一天，所以我也很期待去上學。
「努力活得像我自己吧。」
我喃喃說著桐谷老師與七瀨小姐告訴我的名言。
這時候的我大概稍微露出了笑容。

◇◇◇

決定要去上學後的隔天晚上。
為了明天去學校，我準備了課本等各種東西。
因為我本來認為八成不會用到什麼課本，就一直放在衣櫃深處。
我在白天去剪了頭髮，整個人清爽了許多，說不定還稍微變成了型男……不，我想太多了。

順帶一提，我已經告訴父母我要去上學。我表示要去學校時，他們都有些吃驚，挺擔心地問我：「你沒有在勉強自己吧？」

但是，我向他們說明我的確是憑著自己的意志想去上學，於是爸爸和媽媽都替我打氣，要我加油。

這時我心想：老實說我還真配不上這麼善解人意的父親與母親。

「這下就啟動了。」

準備好上學要用的東西後，我走近遊戲機，打開電源。

話先說在前頭，我並不是都到了這個階段還想變回以前那個自甘墮落的我。

雖然已經告訴父母，但我還必須將我的決斷告訴一個人。

那個人是讓我知道與別人一起玩遊戲很開心，在我墜入谷底時幫助了我的人。

『好久不見啦，KINU！』

我啟動遊戲機幾分鐘後，從耳機傳來男性的聲音。是圓圈圈。

「好久不見，圓圈圈。」

『你最近都沒來邀我一起玩遊戲，我還以為是你繭居過頭，讓家裡的人氣到把遊戲機摔壞了。』

「我爸媽不會做那麼危險的事情啦。」

圓圈圈到底對我父母抱持著怎樣的印象啊……

桐谷老師開始來我家後，我也開始思考關於自己的事，於是跟圓圈圈一起玩遊戲的時間必然就減少了。

所以我真的很久沒跟他聊天了。大概兩個星期沒見了吧。

畢竟在遇到桐谷老師前，我們幾乎每天都一起玩遊戲。

這麼一想，圓圈圈會冒出家人把遊戲機摔壞這種想像或許也不奇怪。

『今天要玩什麼遊戲？』

「當然是平常玩的那款啦。」

然後我們兩人開始玩應該是至今一起玩了最久的大逃殺遊戲。我會選擇這個遊戲是因為比起格鬥遊戲，這遊戲即使是在遊玩中也挺有空閒的，比較方便交談。

「欸，圓圈圈。」

『怎麼啦？想要我指導你怎麼玩遊戲嗎？』

「不，不是……不過倒是有點想請你指導就是了。」

『這樣啊。那一小時一萬圓喔。』

「居然要收錢嗎！而且還很貴耶！」

我這麼吐槽，於是圓圈圈哈哈大笑。

因為他這樣捉弄我，本來想說的話離題了……

「哎，現在先不提指導玩遊戲的事，我有一件事情必須告訴你。」

『必須告訴我？』

我回他「沒錯」，然後接著說：

「其實我決定從明天開始去上學。」

我這麼宣告，於是過了一會——

『……這樣啊。』

圓圈圈只低喃了這麼一聲。

他的聲音聽起來有些悲傷。

「所以，那個……我也打算參加社團，我想今後應該沒辦法像現在這樣頻繁地一起玩遊戲了。」

『這是當然啊。要上課又要參加社團的話，一定會很忙嘛。』

「……可是，跟你一起玩遊戲時非常開心，有空再像這樣一起玩吧。我一定會主動約你的。」

這是我的真心話。跟圓圈圈一起玩電玩時真的很開心。

所以就算我會去上學，我也不想就這樣跟他說掰掰。

今後我也想跟圓圈圈一直當朋友。

『沒辦法啊。』

圓圈圈忽然這麼說了。

「咦？為什麼……」

事發突然，我內心感到動搖，這麼問了。

『你接下來打算向前邁進吧。既然這樣，就不用理我這種莫名其妙的傢伙了。』

「什麼莫名其妙的傢伙，那是因為你什麼都不肯告訴我……就算這樣，我還是覺得你是個好人，我想跟你一起玩遊戲跟聊天啊。」

『什麼嘛。你說這話真的讓人有夠開心耶。』

圓圈圈這麼回覆，卻不肯說今後也會跟我一起玩。

為什麼啊……

『欸，KINU，有敵人喔。』

「啊……」

我聊得太專注，完全忘了自己還在玩遊戲。

被圓圈圈指出後我才發現有敵人，但為時已晚。

我眨眼間就被打倒，至於圓圈圈則是早就已經被打倒了。

「還真不像平常的你啊。」

『你也是吧。』

我們兩人這麼鬥嘴後，又暫時陷入沉默。

為什麼圓圈圈會這麼抗拒今後也跟我保持聯絡呢？

圓圈圈其實討厭我嗎？

這令我想起跟透矢的事，我感到非常不安。

『其實我也很希望今後也能跟你像這樣一起玩電玩。』

「！既然這樣，為什麼……」

『因為跟我扯上關係，對現在的你來說沒好事。』

「你在說什麼啊？沒那回事啦。」

『就是有那回事啊。』

圓圈圈毫不猶豫，斬釘截鐵地這麼斷言了。然後他接著說：

『要是有我在，假如你碰到了什麼事就會跑來找我，逃避現實吧。明明你好不容易要向前邁進了……這樣並不好。』

「這……或許是這樣，但是我——」

『你已經不需要我了。』

圓圈圈像要打斷我的話，這麼說了。

他的聲音聽起來彷彿覺得自己可以功成身退，卻又有點寂寞。

「什麼不需要，我明明沒有那樣想……別說這麼悲傷的話啦。」

『但這就是事實。請你諒解。』

或許圓圈圈說的是正確的。

就算這樣，我還是像不聽話的小孩，無法接受他這番話。

『那麼，已經沒用的我就在這裡告退吧。』

「！你突然在說些什麼啊！」

聽到圓圈圈突然這麼說，我著急地挽留他。

但他沒有停下來——

『掰掰嘍，KINU。』

「喂……喂！等一下啦！我還有話想跟你說——」

在我這麼說的期間，圓圈圈關掉了聲音。

這下我就聽不見他的聲音了。

「哪有人這樣道別的啊……」

竟然再也沒辦法跟圓圈圈聊天……

對於在我最難受的時期陪伴我的你，就跟我感謝桐谷老師一樣——不，說不定比感謝桐谷老師還要更感謝你。

至少在最後讓我道聲謝吧。

就在我像這樣後悔不已時，遊戲的聊天室收到了一則訊息。

那居然是圓圈圈傳來的。

『加油。』

只寫了這麼一句話。

但光是這樣，我就能充分感受到他的心意。

「圓圈圈……」

我內心深受感動，要是一個不留意，好像就會哭出來。

但是，圓圈圈都這樣幫我加油了，我不想做出太軟弱的行為。我拚命忍住眼淚，回應聊天室的訊息。

『一直以來真的很謝謝你！』

我的訊息沒有收到回應。

……但我想圓圈圈應該在看著。

他一定也有感受到我有多麼感謝他。

「我得加油才行。」

我看著圓圈圈的訊息，同時繃緊神經。

明天到教室坐到自己的座位上後，就試著跟鄰座同學打招呼吧。

因為感覺這麼做就能擺脫以前那個憂鬱沮喪的自己，可以活得像自己，讓全新的自己好好地踏出第一步。

「先練習一下足球吧。」

從國中的中途到現在，我一直沒碰足球。

照這樣下去，就算參加了社團也沒辦法有像樣的表現吧。

雖然前一晚才臨陣磨槍也沒多大作用，還是得盡量讓自己不要表現得太糟糕。

我拿起足球，立刻前往玄關。

在父母回家前，先在家門口稍微練一下顛球吧。

「圓圈圈，你看著吧。我會努力的。」

來到外面後，我開始練習顛球。

我踢著足球，感覺好久沒像這樣雀躍不已了。

◇◇◇

「開始緊張了啊……」

隔天早上，我一個人走在通學路上。

考上高中經過兩個月以上，我才首次去上學。

隨著學校愈來愈近，周圍也愈來愈多穿著相同制服的學生。

雖然昨天幹勁十足，但像這樣看到其他學生，還是忍不住緊張起來。

這裡面說不定有我的同班同學。

「喔喔，這就是星蘭高中嗎……」
抵達校門口後，我望著校舍。
沒有任何特徵，外部裝潢感覺就是非常普通的高中。
在參加入學考試時，我姑且是來到這所高中一趟，但沒有很仔細觀察校舍，所以印象模糊。
然後我跟其他學生一樣進入校舍後，在鞋櫃那邊換上室內鞋。
一般的話就只是換上一直放在鞋櫃的室內鞋，但今天是我第一次上學，所以鞋子是從自己家裡帶來的。
我從袋子裡拿出室內鞋時，附近的學生一臉不可思議地看著我，讓我覺得有點尷尬。在發生了這樣的插曲後，我前往位於一樓的一年級教室。
「記得我應該是一年Ｄ班。」
我沿著走廊前進，尋找自己的教室——找到了。
立刻進教室吧……在那之前，我先窺探了裡面的情況。
教室裡可以看到同班同學們各自分成幾個人的小圈圈在聊天。
感覺活潑外向的小圈圈、比較文靜的小圈圈、像阿宅的小圈圈、應該是社團夥伴的小圈圈。是在國中也常看到的光景。

「沒問題，我一定可以的。」

我說服自己似的喃喃自語了好幾遍。

從今天開始，我要活得像自己。

而這就是最初的一步。

「走吧。」

我氣勢十足地打開教室的門。

同學們正忘我地閒聊，幾乎沒人注意到我。

但是，有幾個人看向我這邊，視線像是在說：「這傢伙是誰啊？」

「哎，這也難怪吧……」

我一邊喃喃自語一邊確認放在講桌上的座位表，然後前往自己的座位。

總之先照昨天決定的那樣，向鄰座同學打招呼吧。

全新的自己會從這一步開始。

抵達自己的座位後，因為右邊的人不在，我決定向左邊的人打招呼。

這麼說來，有多久沒像這樣與同年代的人面對面說話了？

桐谷老師是比我成熟很多的大人，圓圈圈又年齡不詳。

……這麼一想，我又緊張起來了。

為了冷靜下來，我進行一次深呼吸……好，沒事了。
然後我準備萬全，開口向鄰座同學打招呼。
「早——」
我話說到一半就停住了。
並不是突然不想跟對方打招呼或是太害怕而停下來。
我眼前發生了比這些更令人震撼的事情。

「……瑠衣凜？」

我驚訝地呼喚對方的名字。
於是鄰座的她一臉尷尬地轉頭看向我。
「……早啊。」
小聲地回應我的招呼。
我入學的星蘭高中，有我的兒時玩伴兼喜歡的人——相馬瑠衣凜。

第四章　有害人物

「喂，田中！開始慢跑才過一個小時而已，你別這樣就累倒啦！」

在星蘭高中的足球場上。

一年級生正在慢跑，在做伸展操的足球隊二年級學長這麼教訓我。順帶一提，因為三年級生已經引退，二年級生就是最高年級。

「是的！對不起！」

我這麼道歉之後，再次沿著足球場外圍跑了起來。

開始來高中上學後過了一星期。

跟同班同學變成朋友；在社團也不斷有精彩表現，獲得同伴的信賴……我的理想是像這樣，但現實當然沒那麼簡單。

現狀是我跟同班同學還是有距離感，社團活動也是，雖然規模不大，由於大賽將至，一年級生的訓練菜單是以跑步為主，我就成了這副德性。

哎，畢竟大概一年沒上學了，也沒有好好練習足球，這也無可奈何。只能腳踏實地努力前進。

「……可是，為什麼那傢伙會在這裡啊？」

我一邊跑步一邊瞄向長椅那邊。

那裡可以看到擔任顧問的老師，還有站在老師旁邊的瑠衣凜。

想不到瑠衣凜居然是足球隊的經理，而且聽說她是最近才開始當的。該說時間挑得真好還是不好呢……

對了，她跟透矢怎麼樣了呢？

我沒打算再次做出像國中時那樣差勁的行為，只是純粹感到好奇。

哎，他們現在應該還在交往吧。畢竟透矢好像跟我一樣，從小就一直喜歡瑠衣凜了。

「！」

我看著瑠衣凜那邊，於是不小心與她四目交接。

我們立刻互相移開視線……好尷尬。

從第一次上學到今天為止，除了一開始的打招呼，我跟瑠衣凜沒說過任何話。

老實說我有很多事情想問她，像是我在國中遭到霸凌的時候，她是怎麼想的？還有她從小時候就討厭我了嗎？

……不過就算我想向她搭話，她也一直在閃避我。

哎，既然會躲我，或許就表示她真的從以前就討厭我了吧。

就算是那樣，我也希望至少能聽她親口說。

還有藺居在家時我明明那麼恨她，但真的見面之後，比起憎恨，能夠與喜歡的人重逢的喜悅更加強烈。我這個人真的是……很沒出息。

然而不用再繼續憎恨喜歡的人，讓我稍微鬆了口氣。

「田中！速度再加快！」

「是……是的！」

再次被學長教訓後，我跑了起來。

今後自主練習要增加更多跑步時間，不鍛鍊一下體力的話真的會累死。

我一邊這麼心想一邊氣喘吁吁地跑著。

於是這次經過了長椅附近，瑠衣凜自然地映入我的視野。

這時，感覺她好像稍微笑了一下。

◇◇◇

隔天的休息時間。因為下一堂課是化學實驗，我正前往實驗教室。

「痛痛痛……」

我沿著走廊前進，並且按住大腿。

即使已經參加社團活動一個星期以上，我還是每天都一定會肌肉痠痛。

畢竟將近一年完全沒有活動身體嘛。這個代價實在很大。

雖說要活得像自己，實行起來可沒那麼順利……

「你走路的方式很邋遢耶。」

前方傳來男性的聲音，我看向那邊——

「桐谷老師！」

只見桐谷老師就在我的眼前。

「健司同學，你好像很努力，像是參加社團活動之類。」

「我按照老師說的，正努力活得像我自己。」

「那真是太好了。」

桐谷老師露出溫柔的笑容。

順帶一提，我在學校會對桐谷老師用敬語……哎，雖然他來我家時也應該用敬語，但因為抓不到時機……對不起。

由於他是我的班導，從第一次來學校上學後，我們已經聊過好幾次。

第一次在學校見面時，桐谷老師大吃一驚，但他非常替我高興。看到那樣的桐谷老師，我也覺得很開心。

「順便問一下，你跟相馬同學相處得怎樣？」

「您說瑠衣凜嗎……哎，感覺還是老樣子。」

「這樣啊……」

桐谷老師看似遺憾地吐出這句話。我把跟瑠衣凜的事也告訴了他。瑠衣凜是我再也不去上學的原因之一，但就算這樣，她依舊是我喜歡的人。

「但我不會氣餒，想繼續向她搭話。因為高中生活才剛開始嘛。」

「說得也是。假如有什麼問題，不用客氣，儘管來找我商量喔。」

「謝謝您！老師真的是個好老師！」

「沒那回事啦。我說過好幾次，因為我是你的班導，這也是理所當然的。」

「就算這樣，老師仍然是個好老師。」

找桐谷老師商量的話，他一定會像我繭居在家時那樣試圖盡全力幫助我吧……但是，我想靠自己解決瑠衣凜的事情。

這就是過去曾犯錯的我應該負起的責任。

「跟相馬同學的事，你要加油喔。」

「是的，我會加油。」

最後像這樣交談了兩句後，我跟桐谷老師道別了。

老師也在替我打氣。下次一定要跟瑠衣凛說到話。

……雖然我幹勁十足地這麼打算。

「完全不行啊。」

那之後又過了一星期，瑠衣凛仍然躲著我。

或許這下可以確定她是真的討厭我吧……

因為國中時已經聽透矢說過一次，雖然打擊很大，應該不至於又變回繭居族。

而且瑠衣凛的事固然重要，但我還有其他應該做的事——

「我最近迷上看MeTube的搞笑動畫短片。」

「你是說咪咩或毛哩毛哩毛利之類的頻道對吧？」

「對對！像是把祕傳醬汁用光或是第一次跑腿就殺價的小孩，有很多有趣的短片吧！」

早上的教室。男學生二人組在我附近很開心似的聊著天。

這是個跟他們變成朋友的好機會……但我完全聽不懂他們在說什麼。

最近的MeTube還會播放動畫啊。

因為我至今只看過遊戲的解說影片，完全不曉得這些事。
我急忙拿出手機，搜尋之後的確跑出了搞笑動畫短片。
還真的可以看動畫耶……好棒。
我感到佩服，並且尋找男學生們說的頻道。
「……找到了。」
我看了看短片標題，都是些感覺很有趣的影片。
其中特別有趣的是……
「把眼睛遮住的繞路大冒險感覺很有趣呢。」
我將手機畫面秀出來，準備向男學生搭話——遺憾的是他們兩人已經不知跑哪去了。
「……唉。」
我大大地嘆了口氣。自從第一次上學以來，我就像這樣好幾次試著向同班同學搭話，但因為挑錯時機或是我的搭話方式太笨拙，總是不斷失敗。
好想早點跟同班同學變成朋友……要活得像自己真是困難呢。
——正當我這麼心想時，忽然感覺到視線。
「……嗯？」
一看之下，只見瑠衣凜正在滑手機。

我今天還沒向她搭話……姑且也當作順便確認。

「瑠衣凜，妳剛才是不是在看我——」

「真紀，早呀！」

瑠衣凜突然站起來，走到朋友身邊。我又被避開了……

即使向瑠衣凜搭話，也會像這樣被她巧妙地迴避，這種情況已經持續了兩個星期。我至今還沒交到要好的朋友，社團活動也因為缺乏體力跟不上練習，還一直被瑠衣凜閃避……嗯～做什麼都不順，實在慘兮兮啊。

但我不打算因為這樣就擺爛。

想認識新朋友，只要更積極地向同班同學表現自己就好；社團活動也是，只要增加自主練習的分量，增強體力就行；瑠衣凜這邊也是，只要不氣餒地繼續向她搭話就好了。

「圓圈圈，我會加油的。」

我低喃已經道別的夥伴名字，同時鼓起幹勁。

跟我道別之後，圓圈圈把SNS的帳號和遊戲帳號都刪除了。我想他大概是在顧慮我，並非不玩遊戲了吧。

因為帳號還在的話，隨時都能跟他聯絡。

他可是為了不讓我再次逃避現實而憂鬱沮喪，專程向我道別的男人。

所以肯定會刪除帳號。
現在應該是用別的名字在玩遊戲或是上傳剪輯短片。
「欸，你擅長《沼澤大亂鬥》嗎？」
正當我愣愣地想著圓圈圈時，突然有同班同學這麼跟我搭話。
我記得他是……籃球隊的佐佐木同學。
「姑且算是擅長……」
「這樣啊！其實我跟班上同學說好下次要在我家舉辦《沼澤大亂鬥》大會。」
「是……是喔。感覺很好玩耶。」
「所以說，方便的話，你能不能教我玩《沼澤大亂鬥》的訣竅？」
「咦……是可以啦……」
「真的嗎！太好了～～！」
佐佐木同學很高興，但在交談的過程中，我產生了一個疑問。
他為什麼知道我擅長玩《沼澤大亂鬥》？
我豈止沒跟同班同學說過這件事，說到底，我甚至還沒跟同班同學好好說過話……
「那個……你為什麼知道我擅長玩《沼澤大亂鬥》啊？」
「喔，這是因為在那邊的那傢——」

「停！你再繼續多嘴，我就宰了你喔☆」

用這麼危險的話語闖進我們的對話的，是剛才瑠衣凛去搭話的真紀——工藤真紀同學。

她牢牢地勒住佐佐木同學的脖子。喂喂，沒事吧……？

「嗚……嗚嗚……好痛苦……」

「誰叫你差點多嘴啊。你先暫時給我閉嘴。」

「……是。」

佐佐木同學虛弱地回應後，工藤同學鬆手放開他的脖子，解放了他。

「早呀！田中同學！」

「早……早安……」

「對不起喔。這個笨蛋突然跟你搭話，你一定很害怕吧。身為他的兒時玩伴，我先向你道歉。」

「不，我很高興他願意跟我搭話，不要緊的。」

原來佐佐木同學跟工藤同學是兒時玩伴啊。我第一次聽說。話說回來，結果還是不曉得為什麼佐佐木同學知道我會玩《沼澤大亂鬥》……

「我說，方便的話，田中同學要不要也來參加下次的《沼澤大亂鬥》大會？」

「我也去……？話說，工藤同學也會參加嗎？」

「當然了！為了把這個笨蛋痛扁一頓嘛！」
工藤同學看向佐佐木同學，這麼說道。
他們感情真好啊……
「如何？以我們的立場來說，也是人多一點比較好玩，要不要參加？」
「這樣啊。可是——」
我難道不是局外人嗎？我本想這麼說，但作罷了。
這可是個好機會。不管怎麼做都無法順利跟同班同學交朋友的我，總算有了可以加深感情的大好機會。
只要在玩遊戲時有所表現，或是跟大家分享《沼澤大亂鬥》的知識，說不定就能一口氣縮短與同班同學之間的距離。
「我也可以參加那個大會嗎？」
「喔，你很配合嘛～就是要這樣才對。」
工藤同學豎起大拇指。我才想說妳真起勁呢。
「在大會之前，你要先教我玩《沼澤大亂鬥》的訣竅喔。」
「好……好，了解。」
「了解是怎樣啦。你真有趣！」

佐佐木同學哈哈大笑。真希望他稍微察覺到我是在緊張。

「……？」

我又感覺到有視線從某處看著我。

我看了過去，只見瑠衣凛在那裡跟朋友很開心似的聊著天。

……是我的錯覺嗎？

「大家回到座位上吧～」

這時教室的門打開，桐谷老師走了進來。是早上的班會開始的時間。

佐佐木同學跟工藤同學，還有其他班上同學都各自回到座位上。

我原本就坐在自己的座位，所以就維持現狀。這時瑠衣凛回到了隔壁座位。

她一臉若無其事地坐在位子上。

今天好像感受到她投來兩次視線……是我誤會了嗎？我太自戀了？

還是說——

班會就在我殘留著這種鬱悶心情的狀態下開始了。

「田中！你今天也是跑最慢的喔！」

放學後的社團活動。所有一年級生都在慢跑時，跟平常一樣只有我被學長呵叱。

二年級生正兩人一組練習傳球，一年級生則還是老樣子，是以跑步為主的訓練菜單。

我一邊道歉一邊靠幹勁加快速度。我已經增加了自主練習的跑步量，感覺身體大概再一個星期就會習慣了……現在正是我該加把勁堅持下去的時候嗎？

「對不起！」

正當我氣喘吁吁地奔跑時，跑在我前方的男學生向我搭話了。

「健司，你還好嗎～～？」

他是工藤學長，社團裡唯一會向我搭話的學生。

而且他還是足球隊的隊長兼王牌。他國中時也有出場全國大賽的經驗，卻只因為學校離家很近，就決定進星蘭高中就讀。

其實他似乎傷勢剛好，所以會跟一年級生進行同樣的訓練菜單，順便當作復健。

順帶一提，其他隊員對中途加入卻完全跟不上練習的我感到傻眼，雖然會斥責我但沒人肯跟我說話。

然而我也是個運動員，能充分理解其他隊員的心情，因此只能今後繼續努力，慢慢獲得其他人的信賴吧。

「對不起。我不要緊，學長可以先走。」

「不用顧慮這些啦。我們是同個社團的夥伴不是嗎……說是這麼說，其實只是因為我討厭跑步而已啦。」

工藤學長與我並肩，爽朗地露出笑容。他的長相也是型男，想必很有異性緣吧。

「話說，健司你有女朋友嗎？」

「怎麼突然問這個……」

「有什麼關係？我想說加深一下學長與學弟的友誼。」

工藤學長揚起嘴角這麼說道。

我可是體力已經面臨極限，實在沒心情聊這些耶……

「沒有。應該說我從小到大連一個女友都沒交過。」

「咦，真假？」

「真的。」

不過我有喜歡的人就是了。她今天也很認真地在做經理的工作。

「這樣啊，我還以為……」

工藤學長喃喃自語了些什麼，但聲音太小，我沒能聽見。

我也想反問他說了什麼，但體力已經耗盡，根本沒心情管那些。

然後我跟工藤學長一起勉強完成了慢跑練習。

「嘔……感覺真的快吐了……」

我像要倒下似的雙膝跪地，氣喘吁吁地吐氣。
其他隊員一邊調整好呼吸，一邊傻眼地看著這樣的我。
明明所有人都是跑一樣的距離，卻只有一個人——而且還是中途加入的傢伙跑到筋疲力盡，也難怪他們會有這種反應吧。這點實在是無可奈何。
「喔喔～你今天也是一副快死的表情呢～」
工藤學長盯著還無法站起來的我。
這個人明明跑了跟我和其他一年級生同樣的距離，卻一點都不喘。
他的體力太誇張了吧。
「對不起……」
「你用不著道歉啦。反正再過一陣子就會習慣了。」
工藤學長這麼說，朝我伸出了手。
「謝謝學長。」
我這麼道謝後，握住學長的手，勉強站了起來。
……啊啊，感覺還有點想吐。
「對了，我們之後要進行實戰形式的練習。」
「是，我知道。」

反正一年級生又是慢跑或衝刺這些跑步類的練習吧。
畢竟在大賽逼近的這個時期，基本上只有二年級生會進行碰到球的練習。
即使是一年級生，如果能成為主力球員，倒是另當別論啦。
「健司，你也要參加實戰練習喔。」
「……什麼？」
工藤學長說了令人費解的話，因此我不禁這麼反問。
「還問什麼，我就是在叫你參加實戰形式的練習。」
「咦……可是我是一年級生耶。」
「我們打算從今天開始讓幾個一年級生加入，然後我指名你……啊，順便說一下，我也會從今天起參加這個練習。明白了嗎？」
「呃～～……是……是的。」
雖然還完全無法理解情況，不知為何，我似乎可以參加實戰形式的練習。
……說真的，這到底是怎麼回事？
「接下來要開始實戰形式的練習。」
顧問老師在足球場中央這麼說道，把球放在地上。

球的兩邊站著兩名隊員。

其中一人是工藤學長。

另一人是擔任副隊長的高橋學長。

我經常受到許多學長的斥責，最常教訓我的就是這個高橋學長。

而高橋學長是我的敵隊，我的友軍則有工藤學長。

「開心地踢球吧，健司。」

「是……是的……」

聽到工藤學長這麼說，還無法理解狀況的我反射性地回答。

我莫名其妙就站到足球場上了。說起來，工藤學長為什麼會指名我啊？

雖然令人開心……老實說，我完全不明白理由。

明明我就連一年級生訓練菜單的跑步練習都沒辦法好好跟上。

「健司踢的位置是正中央。」

「正中央……」

應該就是指防守中場（主要負責傳球的位置）吧。他的說法也太隨便。

……還有，為什麼他會知道我國中時踢的位置？我從未講過自己以前踢什麼位置，甚至也沒參加過會碰到球的練習，照理說他不可能知道。

我內心的疑問愈來愈多，但總之我先移動到被指定的位置。

「那麼，要開始嘍！」

顧問老師用球場上的隊員都能聽見的大音量這麼說完，吹響了哨聲。比賽開始了。

我方隊伍將球踢出去後，球場上的隊員一起動了起來。

「雖然自主練習時有碰球……行得通嗎？」

我感到不安，並配合同伴的動作奔跑。

但是，這是獲得其他隊員信賴的大好機會。倘若能在這場練習中有精彩的表現，說不定工藤學長以外的隊員也會開始跟我說話。

就在我這麼心想時，我附近的隊員拿到了球。

「這邊！」

我舉起手發出聲音。於是拿到球的隊員瞄了我一下後，把球傳給了其他隊員。

「咦……」

我現在無人防守，明明可以把球傳給我的。

……不，說不定是我主張得不夠強烈。

下次試著更明白地要求傳球吧。我打起精神繼續比賽。

然後在比賽中，我好幾次大聲要求傳球——然而即使過了十分鐘，也沒人願意傳給我。

「這完全是被排擠了啊……」

想不到其他隊員居然這麼不信任我……看到平常練習時的我，這也是理所當然嗎？

那麼，該怎麼辦？

就算想要有精彩的表現，無法碰到球的話根本免談。

「喂～你別一個人在旁邊偷懶啊～」

工藤學長從最前線的位置特地移動到我這邊，這麼說了。

「不，我不是在偷懶，是沒人傳球給我。」

「我知道啦，我開玩笑的。」

工藤學長哈哈大笑。我可是笑不出來耶。

「那麼，學長就給絲毫不受同伴信任的你一點小小的建議吧。」

「學長對學弟說話還真是毫不留情呢。」

「哎，聽我說啦。既然沒人傳球給你，只要從敵人那邊把球搶過來就好啦。」

這麼說的工藤學長露出相當邪惡的笑容。

「老實說，我們隊伍的水準並沒有多高，如果是你，應該搶得到吧？」

「如果是我……學長到底了解我多少啊？」

「哎，一言難盡啦～就是這麼回事，搶到球之後麻煩傳給我啊。」

工藤學長隨便回答了我的問題後，回到自己的位置。

那個人究竟是怎麼回事……儘管這麼心想，但他的建議非常合理，因此我決定立刻去搶球。

「怎麼，對手是你啊。」

而與我對峙的是副隊長高橋學長。

他顯然用感到無趣的眼神看著我。

可以很清楚地感受到他認為自己不可能輸給我這種人的鬆懈。

「哎，算啦。快點讓開吧。」

高橋學長一臉無趣地這麼說道，準備盤球過人。

他一下朝左、一下朝右地加入假動作，試圖迷惑我。

不愧是副隊長，技術相當高超，但也沒有透矢那麼強……

我預測對方的動作，同時在自己認為的精準時機出腳。

「什麼！」

我漂亮地搶到球後，高橋學長一臉驚訝地發出這樣的聲音。

我丟下他，一邊盤球一邊奔向前線。

「這邊，健司！」

聽到有人呼喚，我看了過去，只見工藤學長在距離挺遠的地方奔跑。

呃，這也太遠了吧。他是要我在這種距離下傳球嗎？

「健司！這邊喔，這邊！」

工藤學長好幾次呼喚我的名字。他似乎無論如何都希望我傳球給他。

老實說，不曉得能否順利傳給他……但如果能在這時成功傳球，其他隊員應該也會信任我一點。既然這樣，就只能放手一搏了！

「工藤學長！」

我呼喚他的名字，同時鎖定目標，將球用力踢出去。

球筆直地飛向工藤學長腳下。

然後——分毫不差地停在他腳邊。

「傳得漂亮！」

拿到球的工藤學長豎起大拇指。

我也跟著開心起來，忍不住豎起大拇指回應他。

「好耶！」

不僅如此，我還握拳叫好。

這種漂亮地把球傳給同伴的感覺，好久沒感受到了。實在太舒服啦！

之後接到傳球的工藤學長在轉眼間突破敵方的防線，射門得分。這個人技術也太高超了吧……全國水準果然並非浪得虛名。

「你的傳球還真厲害啊……」

高橋學長從後方向我搭話。

我想他並非在挖苦我，而是純粹地稱讚我。

「謝謝學長稱讚。」

「你是怎麼學會那種傳球的？」

我從這麼詢問的高橋學長身上稍微感受到壓力。

「咦……那個，我從小學就會在操場或公園隨便找一面牆壁做記號，然後練習一邊改變距離一邊將球踢向那個記號。」

「那就是對牆踢球對吧？你是透過那種基礎練習學會的嗎？」

「是那樣沒錯。我每天會練習對牆踢球大概五小時。」

雖然繭居在家時沒練，參加社團活動後，我又開始進行同樣的練習。

「！五小時……！」

高橋學長瞠目結舌，大吃一驚。

然而我除了傳球以外沒有其他武器，所以不練習這麼久是不行的。

「那個……抱歉啊，我在練習時莫名其妙對你怒吼。」

高橋學長突然向我道歉。

「學長怒吼的理由是我跟不上練習，所以我完全不在意。」

「就算這樣，我還是做得太過火了。抱歉。」

高橋學長深深低頭道歉。

我原本以為他很可怕，其實他只是有點熱血過頭的好人呢。

正當我這麼心想時——

「你的傳球是怎麼回事啊！很厲害耶！」「看你練習還以為你沒啥幹勁，不過沒有努力是辦不到那種傳球的啊。」「你馬上就能成為戰力了嘛！」「快點鍛鍊好體力，一起出場比賽吧！」

隊員們一起包圍住我，稱讚我剛才的表現。

看來我好像成功宣傳了自己。

感覺這樣應該獲得了不少隊員的信任……太好啦。

「我說你們，還在比賽喔！快點回到位置上！」

聽到顧問老師這麼說，隊員們都回到自己的位置。

然後實戰形式的練習持續了大約三十分鐘。

我連續傳出好幾記漂亮的傳球，接到球的工藤學長每次都射門得分。

就這樣，我透過實戰形式的練習，確實獲得了隊員們的信賴。

「辛苦啦～～」

結束全體練習，回到更衣室換衣服時，工藤學長這麼向我搭話。

其他隊員很快就打道回府，更衣室裡只剩下我跟工藤學長。

「辛苦了。」

「你有很多次漂亮的傳球呢。託你的福，我賺了不少得分。」

工藤學長心情很好似的換衣服。他一脫掉衣服，鋼鐵般的身體便裸露出來。穿著球衣時沒發現，他的體格實在難以想像是高中生。

「別一直盯著我看啦。你是變態嗎？」

「不是啦。請學長不要說些會造成誤解的話。」

我這麼回應，於是工藤學長感到有趣似的笑了。到底哪裡好笑啦……

「那個……可以問一個問題嗎？」

「什麼問題？我已經有女友嘍。」

「我對那種事沒興趣。」

「為什麼啦？稍微感興趣一下啊。」

工藤學長由衷地這麼主張，但要是對他的每句話做出反應，話題根本無法進展，因此我暫且無視他這番話，提出了疑問。

「工藤學長曾說是你指名我的，請問你為什麼會讓我參加實戰形式的練習？」

我一直感到不解。有很多一年級生比我更能跟上練習，也有很多身材比我高大的選手。

我想知道工藤學長在這種情況下指名我的理由。

「我啊，其實從以前就知道你嘍。」

「！學長知道我嗎……？」

我這麼反問，於是工藤學長點頭肯定。

「是啊。大概是去年的這個時候吧。」

然後工藤學長開始述說。

距今大約一年前。

國三的我跟透矢賭上全國大賽出場權，挑戰東京都大賽決賽那天。

工藤學長的弟弟似乎有參加那場比賽，學長也有觀戰。

然後，雖然我犯下了導致比賽敗北的失誤，但學長似乎記住了曾有好幾次妙傳的我。

「所以才會指名我參加實戰形式的練習嗎？」

「沒錯沒錯。因為你傳球的精準度之高，是可以在全國通用的水準。」
工藤學長若無其事地說出了非常荒唐的話。
全國水準……總覺得這實在是過獎了。
「還有就是跟你同年級的經理拜託我——」
工藤學長說到這裡，猛然停了下來。隨後他露出「慘啦！」的表情。
跟我同年級的經理……
「是指瑠衣凜嗎？」
我這麼詢問，於是工藤學長的視線忽左忽右地飄移不定，然後像是放棄掙扎地大大嘆了口氣。
「沒錯。其實我妹妹跟相馬學妹是朋友，我們本來就認識。」
「跟瑠衣凜是朋友……學長的妹妹該不會是工藤真紀同學？」
「怎麼，原來你認識真紀嗎？」
工藤學長露出一臉意外的表情。
因為姓氏相同又是瑠衣凜的朋友，所以我試著問了一下，看來似乎猜對了。
「哎，事情就是這樣，相馬學妹拜託我讓你參加今天這個實戰形式的練習。」
「瑠衣凜這麼拜託你……」

我完全不曉得有這回事，畢竟她在學校還是一樣一句話也不肯跟我說。

「相馬學妹要我保密，我卻不小心說溜嘴了。」

工藤學長像是對自己感到傻眼地手扶著額頭。

瑠衣凜甚至要學長保密，私下拜託學長讓我參加練習嗎？

瑠衣凜為什麼不惜做到這種地步也要讓我……？

「不過，我本來就打算讓你參加練習啦。因為我知道你很會踢足球。」

「謝謝學長。」

工藤學長這番話讓我坦率地感到開心，但我腦海中充滿了對瑠衣凜的疑問。

該不會她其實並不討厭我……？

「明天也會讓你參加跟今天一樣的練習喔。記得讓身體好好休息啊～」

「啊……是……是的。我明白了。」

「那麼，就這樣，明天見啦。」

「學長辛苦了。」

工藤學長換好衣服後便離開了更衣室。

明天也有同樣的練習嗎？必須表現得比今天更精彩。

「不過，原來是這樣啊。瑠衣凜她……」

她今天也以經理的身分協助我們練習，感覺就跟平常一樣。

說真的，她到底為什麼要特地拜託身為隊長的工藤學長，就為了讓我參加實戰形式的練習呢？

換衣服的期間，我一直在思考這件事，但不管怎麼想都還是不知道答案。

◇◇◇

那之後又過了幾天。我一直在社團的練習中有不錯的表現，順利獲得更多隊員的信賴，在大賽前的練習賽入選先發陣容。

這幾天的練習似乎也讓顧問老師對我有不錯的評價。

相對地，我跟瑠衣凛還是維持被她單方面閃避的關係。

明明我想問她的事情愈來愈多……

「田中同學，你會不會太強啦？」

佐佐木同學一邊看著電視螢幕一邊這麼說了。

今天是他跟大家說的《沼澤大亂鬥》大會之日。

我結束假日的社團活動後，直接到離學校頗近的佐佐木同學家。他的父母似乎是有錢人，他家大得像豪宅一般。

當然，佐佐木同學的房間也寬敞得難以想像是單人用的房間，大概有十個同班同學聚集在這裡。

順帶一提，第一局比賽已經開始，我大勝佐佐木同學。

我姑且按照約定，在前一天晚上利用網路對戰教了佐佐木同學玩《沼澤大亂鬥》的訣竅。但前一晚才臨陣磨槍，果然還是贏不了本來是繭居族玩家的我嗎？

「居然會像這樣毫無招架之力，真不甘心啊。」

「哎，畢竟這是我擅長的遊戲嘛。」

「就算這樣，我本來以為自己能多贏幾場的。大會主辦者居然在第一局比賽就輸掉，實在太丟臉了。」

佐佐木同學一臉難為情地低下頭。

的確，打敗大會主辦者或許不太妙。

可是我也想在玩遊戲時表現出自己的優點，趁機跟同班同學變成朋友嘛。可不能那麼輕易就敗北。

「原來田中這麼強啊。」

這時，一直在看我跟佐佐木同學對戰的男生裡有人這麼向我搭話了。

不，不只他。

「下次教我你推薦的連續技吧。」「拜託也教我！」「告訴我你喜歡的角色嘛。」「要在對戰中獲勝有什麼訣竅嗎？」「你會玩《沼澤大亂鬥》以外的遊戲嗎？」

同班男生像這樣接連向我搭話。

「呃，我推薦的連續技是——」

我一一回答他們的問題。

於是這次包括佐佐木同學在內，大家又同樣接連向我搭話。

「喂喂，男生們，你們這樣問個沒完，會給田中同學造成困擾吧？」

就在我被包圍時，工藤同學出現了，並這麼提醒男生。

隨後，男生們應聲之後便開始準備下一局對戰。

這幾天我明白了一件事，就是工藤同學在班上好像是大姐頭的立場。

因為才剛跟佐佐木同學對戰過，還要過一陣子才會輪到我出場，我便先移動到有飲料的地方，於是工藤同學來向我搭話了。

「話說回來，田中同學你真的很強耶～」

「不，到處都有比我更厲害的人啦。」

「沒那回事。不用謙虛啦。」

工藤同學這麼說，但我並沒有在謙虛，而且比我強的人真的就近在身邊。
要舉例的話，像是我們班的班導。
「謝謝你代替我討伐了俊介喲。」
「咦……喔……嗯。」
俊介是指佐佐木同學嗎？
對喔，她是為了打倒佐佐木同學才參加大會的……我卻打倒了佐佐木同學。
隱約感覺他們兩人很要好……或許我還是應該故意輸給佐佐木同學比較好。
「真紀！佐佐木同學的媽媽給了我們點心！」
這時忽然傳來一個快活的聲音。
一看，原來是瑠衣凛拿著裝有許多點心的容器過來了。
「「啊……」」
我們四目相交後，一起發出這樣的聲音。
感覺很尷尬，我立刻移開了視線。
瑠衣凛並沒有參加大會，但她也來到佐佐木同學家玩。
聽說是因為她的朋友工藤同學有來，她才會一起來玩。
「瑠衣凛，謝謝妳！點心就大家一起吃吧！」

「唔……嗯。是啊。」

瑠衣凜這麼回應後，我們三人陷入沉默。

大概是我跟瑠衣凜造成的。

「欸，瑠衣凜──」

「啊，飲料已經全空了。我去拿飲料來喔。」

瑠衣凜這麼說完，逃也似的離開了房間。

我今天也向她搭話了幾次，但就跟平常一樣一直被她避開。

……唉。要到什麼時候才能跟她說話呢？

「瑠衣凜跟你是兒時玩伴吧？」

「咦？是沒錯……妳怎麼會知道？」

「我聽瑠衣凜說的。」

「這……這樣啊……」

瑠衣凜跟工藤同學說了些什麼呢？

萬一她是說：「我有個很討厭的兒時玩伴～」那還真令人難受啊。

「可是，感覺瑠衣凜跟你好像有點距離耶。」

「這是因為，那個……以前發生過很多事……而且瑠衣凜說不定討厭我。」

像是設法讓我參加實戰形式的練習，有時我會覺得她應該不討厭我；但像這樣即使主動搭話也一直被她閃躲，又讓我覺得她果然還是討厭我。

不過——

「嗯～～不可能吧。」

工藤同學小聲地這麼說了。

「為什麼？」

「因為前陣子告訴俊介你很會玩《沼澤大亂鬥》的人，就是瑠衣凜啊。」

「！是……是嗎……」

那時被佐佐木同學搭話之後，我就隱約覺得會不會是這麼回事。

因為同班同學當中知道我會玩《沼澤大亂鬥》的就只有瑠衣凜。儘管如此，由於平常就一直被她閃避，讓我不禁心想那一定不可能。

「……糟了。」

「？怎麼了，工藤同學？」

「呃，這麼說來，我忘了瑠衣凜曾叫我不要把剛才那些話說出去。」

工藤同學露出「出包了」的表情。他們兄妹還真是大嘴巴啊……

「既然都說溜嘴了，那也沒辦法。順便再告訴你一件事吧。」

「什麼順便，這樣絕對不行吧。」

即使我這麼勸告，工藤同學也沒有打消念頭，開始說了起來。

「我跟你說，瑠衣凜常常跟我說關於你的事喔。」

「……是嗎？」

「嗯，尤其是你開始來上學之後。」

如果我在社團練習時有不錯的表現，瑠衣凜似乎一定會在隔天上學時告訴工藤同學。

不僅如此，工藤同學出於好奇詢問關於我的事時，瑠衣凜好像還會一臉開心地說起一般人根本不會記得，很小的時候的事。

「所以我覺得瑠衣凜不可能討厭你啦！」

「是……是喔。謝謝妳。」

聽到工藤同學這麼說，我受到很大的鼓勵。

雖然還不清楚真相，但瑠衣凜或許真的不討厭我。

……很好，下次見到瑠衣凜時，無論如何都要讓她跟我說話。

不過我還沒想到任何策略就是了……

「田中同學！接著輪到你的第二局比賽嘍！」

聽到佐佐木同學這麼說，我移動到電視螢幕那邊。

總覺得就憑現在的狀態，沒辦法好好地玩《沼澤大亂鬥》……

「加油喔～」

工藤同學從後方簡單地替我打氣。

然而，她大概不是在說《沼澤大亂鬥》吧。

就這樣，《沼澤大亂鬥》大會的第二局比賽揭開序幕，我又再次大勝對手了。

◇◇◇

「優勝者是田中同學！」

佐佐木同學公布《沼澤大亂鬥》大會的優勝者後，男生們一起拍手。

感覺真難為情……

「哎呀，田中同學真的很強呢。方便的話，下次我也會邀你參加，要來捧場喔。」

「咦，我下次也可以來嗎？」

「當然可以啦。」

佐佐木同學這麼回答後，其他男生也紛紛表示「到時再來對戰一次吧」或「下次我一定會贏」。

以往我曾經一起好好玩過的對象只有瑠衣凜和透矢，所以被人像這樣對待，讓我內心湧現至今不曾感受過的喜悅。

感覺這樣就稍微達成了我決定到學校上學時要跟同學變成朋友的目標。真希望今後也能像這樣與更多人變成朋友。

「那麼，今天也已經很晚了，就解散吧。」

佐佐木同學向大家這麼說道，所有來玩的人都收拾好東西準備回家，走到他家門外。

我也同樣準備到外面時，瑠衣凜的身影映入我的眼簾。

因為在大會中一直打贏，不斷連戰，那之後我根本沒機會找她說話。

最近社團活動很順利，今天也首次跟瑠衣凜與透矢以外的人玩，交到了朋友，我正從繭居在家裡憂鬱沮喪那時穩定地向前邁進。

所以說不定也能跟瑠衣凜恢復原本的關係。

我抱持著這種淡淡的期待。

最後再一次試著向她搭話吧。這是今天的最後一次機會了。

「瑠衣凜，等一下——」

「！」

在我開口搭話的瞬間，瑠衣凜跟平常一樣背對著我試圖逃走。

然而，我心想說不定能跟她和好，而且聽到工藤同學說的事情後，我也覺得再繼續維持這種跟她沒有對話的狀態並不好，因此情急之下伸出了手。

「等一下！」

我不禁抓住瑠衣凜的手臂，於是她大吃一驚似的轉過頭來。

「啊……對……對不起。」

我放開抓著她的手，向她道歉。

「沒關係，我沒事……那再見了。」

瑠衣凜只說了這句話就又準備回家了。

怎麼辦？照這樣下去，就跟平常一樣……

「那邊那兩位。」

後面傳來女性的聲音。我將臉轉過去，便看到工藤同學的身影。

「我也剛好要回家，你們陪我一起走一段路吧。」

「真紀，妳為什麼突然……」

「什麼為什麼……就突然想一起回去嘛。而且你們是兒時玩伴對吧。你們家應該也在同一個方向，一起回去不就好了嗎？」

「這……」

正當瑠衣凜猶豫不決時，工藤同學接著看向我。

「田中同學也沒問題吧？」

「咦？我……」

「好，就這麼決定！」

工藤同學「啪！」一聲拍了手。

這個人根本不聽別人說話耶！

「先等一下，我還沒說要一起回去——」

「好好好，不用說這麼多啦。我們一起回去吧～」

工藤同學推著瑠衣凜的背，強硬地帶她一起走。

工藤同學在中途轉頭看向我，用眼神暗示我快點過去。

「……知道了啦。」

一起回去的話，說不定有機會跟瑠衣凜說話。

我這麼心想，邁出步伐跟在她們後面。

「俊介從以前就是個愛哭鬼，常常被附近的壞小孩欺負弄哭。」

我們三人沿著清靜的住宅區前進，工藤同學開始大談她的兒時玩伴。

「哎，不過那些壞小孩都被我痛扁一頓就是了。」

「這……這樣啊……」

小時候的工藤同學還真是個武鬥派。

「可是呢，雖然俊介很軟弱，但他從小就很溫柔喔。我碰到困難時他總會伸出援手。」

這麼述說的工藤同學也露出了溫和的眼神。

她大概真的很重視佐佐木同學吧。

看著談論佐佐木同學的工藤同學，我莫名有這種感覺。

「我覺得兒時玩伴還是跟普通朋友不同，因為對彼此都有很深的了解，有時才會吵架，但也能互相幫助喔。」

工藤同學忽然談論起關於兒時玩伴的話題。

她為什麼要說這些……？正當我感到有些困惑時——

「簡單來說，要問我到底想說什麼，就是雖然我不知道你們之間發生了什麼，但至少可以跟對方說話吧！是吧？」

工藤同學看向從剛才開始就一直保持沉默的瑠衣凜。

「真紀……可是我……」

「一直逃避的話，解決不了任何問題。不是嗎？」

工藤同學帶著溫柔的笑容這麼問。

這讓瑠衣凜感到糾結似的沉默下來。

「那麼，我家差不多快到了，我就在這邊跟兩位道別吧。」

工藤同學這麼開口，語調像是在說她已經完成自己的任務。

「之後兩位就隨意吧。」

她最後說了聲「掰掰」，向瑠衣凜跟我打過招呼後，就朝著應該是她家的方向離開了。

就這樣，現場只剩下我跟瑠衣凜兩人。

……我懂了。工藤同學會邀我跟瑠衣凜一起回家，是為了幫忙製造我們能好好交談的機會嗎？

既然這樣，一方面也是為了她，我必須好好跟瑠衣凜談談。

「瑠衣凜，能陪我聊幾句嗎？」

我這麼詢問，於是瑠衣凜露出猶豫不決的表情。

多虧了工藤同學，瑠衣凜似乎不會像之前那樣立刻逃開。

「……我知道了。」

過了一會，瑠衣凜輕聲這麼回答。

太好了。這下總算能跟她說話了。

「那我們就邊走回家邊聊吧。」
「……嗯。」
瑠衣凜輕輕點了頭。
之後我們並肩而行。
好久沒像這樣跟兒時玩伴一起漫步了……我由衷感到高興。
同時我也這麼心想——
真希望今後跟瑠衣凜一起漫步時，也能一直保持同樣的心情。

「我們從小就總是像這樣並肩而走呢。」
「嗯。因為我們是兒時玩伴嘛。」
我跟瑠衣凜並肩走在回家的路上，聊著以前的事情。
雖然也可以突然就切入正題，遺憾的是我並沒有那樣的勇氣。
說是這麼說，或許我只是想盡可能延長跟她聊天的時間。
「妳還記得嗎？小學時我在足球比賽中摔了好大一跤，膝蓋有道很深的傷口，妳看到那道傷口就哭著說：『KINU同學會死掉～～』」
「！你……你為什麼要突然說這個啊！KINU你這個笨蛋、豬頭～～」

雖然瑠衣凛在生氣，看起來也有點開心的樣子。

感覺久違地能像以前那樣聊天了。

如果可以像這樣一直跟她談天說地——

……不過，事情沒這麼簡單吧。

差不多該跟她談應該說的事情了，否則在問重要的問題前就會先抵達她家。

所以我下定決心開口說：

「那個……我有很多事想問妳。」

「……嗯，我想也是。」

瑠衣凛一臉過意不去地這麼回應我。

她沒有像以往那樣閃避，願意好好跟我對話。

如果是現在的她，一定也願意回答我的疑問吧。

我深呼吸了一下。

我接下來要提出問題，根據瑠衣凛的回答，我可能會受到很大的傷害。

……但是，縱然會變成那樣，我也要好好接受現實。

因為我不想像以前憂鬱沮喪時選擇逃避，不去面對現實的自己。

「瑠衣凛妳從以前就討厭我嗎？」

在我這麼詢問的瞬間，心跳一口氣加速。

除此之外也有很多想問的問題……但我最在意的就是這件事。

國中時透矢曾說搞不好瑠衣凜討厭我。

從小就一起長大的她真的討厭我嗎？

我無論如何都想知道真相。

——於是瑠衣凜朝我露出笑容。

這時我確信了。

瑠衣凜果然並不討厭我。

假如我繼續窩在家裡憂鬱沮喪，一定不會知道這種事吧。

承認充滿錯誤的自己真是太好了。

決定活得像自己真是太好了。

真的太好——

「我最討厭你了。」

「……咦？」

瑠衣凜的回答讓我愣住了。

她剛才說最討厭我嗎……？

騙……騙人。畢竟她剛才還笑了……

「你期待我回答不討厭你嗎？」

瑠衣凜依舊面帶笑容，這麼說了。

她是為了騙我，才故意展現笑容嗎？

那麼，她真的是討厭我……？

冷……冷靜一點。要做出判斷或許還太早了。

「那……那個……我聽工藤兄妹說了。妳為了我，告訴佐佐木同學我很會玩《沼澤大亂鬥》，還有拜託工藤學長讓我參加實戰形式的練習。」

「那是……我們好歹認識了這麼久，我才稍微幫你一下。」

瑠衣凜這麼回答，但這樣的她讓我覺得有點不對勁。

「妳真的討厭我嗎？」

為求保險起見，我再次這麼詢問。

如果這樣她還是說討厭我，我也只能承認這個事實。

正當我這麼做好覺悟時——

「國中的時候，我把你向我告白的事告訴了透矢同學。」

瑠衣凜說出了我第二在意的事情。

聽到這番話，我不禁開始動搖。但她毫不在乎地接著說：

「你被大家霸凌的時候，我也沒有幫你；就算你不來上學，我甚至也沒去你家探望。」

瑠衣凜向我揭露到目前為止的事情。

每當真相一個接一個浮現，我就動搖得愈厲害。

然後，她在最後再次這麼說了。

「這些全都是因為我最討厭你了。」

第二次聽到這句話，我已經什麼都說不出來。

這次她低下頭，我無法看清楚她的表情。

老實說，要說還沒有覺得不對勁是騙人的。

說不定她在撒謊。

……但無論如何，既然瑠衣凜這樣拒絕我，我最好別再糾纏她了。

「這樣啊……我知道了。」

我這麼回應後，對話就此中斷。

我們就這樣一言不發地繼續往前走，然後抵達了瑠衣凛家。

「……那再見了，KINU。」

「嗯，再見。」

我們在最後互相道別，然後瑠衣凛走進她家。

從明天開始就再也無法跟她交談了吧。

一想到這裡，明明被她當面說了討厭我，卻還是覺得很寂寞。

「果然我還是喜歡瑠衣凛……」

儘管如此，我還是察覺到自己的心意。

……然而現在才察覺也為時已晚，我不能把這份心意告訴瑠衣凛。

「沒事的，不要緊。」

我像在說服自己似的喃喃自語。

我開始去上學，能盡全力踢足球，也獲得了隊員們的信賴，跟同學相處融洽，用我的風格在生活著。

所以我不要緊。

「……回家吧。」

我獨自邁出步伐。

今天跟佐佐木同學他們變成朋友了，明天就試著約他們一起吃午餐吧。

社團活動也入選先發陣容，必須加倍努力。

就這樣，我開始思考今後的事情，也充滿了幹勁。

——但不知為何，覺得心好痛。

◇◇◇

隔天的午休時間。我原本打算約佐佐木同學他們一起吃午餐，但實在沒那種心情，結果沒能開口邀約。

理由是瑠衣凜今天請假沒來上學。

「……結果我還是無法忘懷嗎？」

我坐在通往屋頂的樓梯上，一個人吃著在福利社買來的炒麵麵包。

昨天聽到瑠衣凜說她討厭我後，我應該已經看開了啊……

「咦，健司同學？」

就在我寂寞地把炒麵麵包塞進嘴裡時，有人從樓梯下方呼喚我。

我看向下方，發現桐谷老師一臉不解地看著我。

「老師，怎麼了？」

「那是我要說的臺詞。你在這種地方做什麼？」

「我……哎，我只是一個人在這裡吃午餐啦……」

「這樣啊。順帶一提，我也正準備吃午餐。」

桐谷老師秀出超商便當給我看。

他接著爬上樓梯，在我身旁坐了下來。

「老師平常都在這裡吃飯嗎？」

「沒有，我平常是在屋頂上吃。」

桐谷老師這麼說，拿出通往屋頂的鑰匙給我看。

校方原則上禁止學生上屋頂，而教職員僅限於有特殊原因時被允許使用屋頂。

「可以因為私人理由上屋頂嗎？」

「這就是所謂的心照不宣啊。因為其他老師有時也會到屋頂休息一下。」

桐谷老師很開心似的笑著。

是因為看了那部電影嗎？總覺得老師的笑容跟七瀨小姐有些相似。

「我才想問你，你為什麼會在這種地方吃飯？」

「就是……我今天想在這裡安靜地吃飯吧。」
我這麼回答後，桐谷老師目不轉睛地看著我。
我總覺得有點尷尬，將視線從他身上移開。
「該不會發生了什麼事？」
於是桐谷老師用擔心的聲音這麼問我。
這個人對別人細微的變化很敏感，甚至讓人覺得他是不是超能力者。
「哎，有一點……」
「這樣啊……方便的話，能說給我聽聽嗎？」
桐谷老師十分客氣地這麼詢問。
畢竟我跟老師說過我沒辦法好好與瑠衣凜交談，他應該有權利知道我跟瑠衣凜的結局。
這麼心想的我向老師坦承了所有昨晚跟瑠衣凜的對話內容。
「原來發生了那樣的事……」
桐谷老師聽完，低下頭露出悲傷的樣子。
就算學生碰到了難過的事情，會像這樣替學生感到悲傷的老師應該不多見吧。至少在我遇過的老師當中，會這麼重視學生的只有桐谷老師。
「不過沒關係。我可以來上學，也能盡全力參加社團活動，最近還交到了朋友……不，應該說快交到了嗎？總之，來上學很開心。」

跟以前只會憂鬱沮喪的我相比，可說有驚人的成長。這也是多虧了桐谷老師。

「今後我也會像這樣用自己的風格繼續努力。」

我像是要傳達自己不要緊，向桐谷老師這麼宣言。

他一定會很高興吧。

我本來是這麼想的……他卻露出有些寂寞的表情。

「我跟七瀨就讀同一所高中時，無論發生什麼事，她都會貫徹活得像自己。我也因此想像她那樣生活……」

桐谷老師突然說起關於七瀨小姐的事。

正當我對這樣的他感到有些困惑時，他以溫柔的用字遣詞——

「這或許是我的任性，我希望健司同學你也能像那樣生活。」

「這……我明白。所以我才會每天努力參加社團活動，還有向同學搭話——」

「你跟相馬同學真的維持現狀就好嗎？」

桐谷老師用能確實聽清楚的聲音這麼詢問，讓我有些不知該如何回答。

「我也不想一直這樣下去啊……但是，已經束手無策了。因為她說討厭我，拒絕與我交流……」

「你真的覺得相馬同學討厭你嗎？」

「這……這個……」

我無法斷言我不那麼覺得。

但是，至少我也不認為瑠衣凜昨晚對我說的都是實話。

「健司同學，你願意聽我說嗎？」

桐谷老師這麼說道。

我面向他，只見他用認真的表情看向我。

「考慮到相馬同學的心情，其實我本來不打算說出這件事的，但為了你，也為了相馬同學，我想還是告訴你吧。」

「……桐谷老師，這話是什麼意思？」

我不懂他的意思而這麼詢問，於是桐谷老師開始說了。

高中入學典禮那天。

桐谷老師向自己負責的班級學生們打招呼的時候，似乎有兩名學生讓他很在意。就是缺席的我，另一個人則是瑠衣凜。

無論是桐谷老師打招呼時，或是班上同學自我介紹時，瑠衣凜似乎一直在偷瞄鄰座——也就是我的座位。

入學典禮那天結束後，這樣的情況也依舊持續著。

瑠衣凜在上課時似乎也會有些在意我的座位，而且桐谷老師放學後窺探教室情況時，看到瑠衣凜在擦拭我那組因為沒人使用而蒙上灰塵的桌椅。

然後，桐谷老師首次到我家拜訪的隔天。

「請問田中同學的情況如何呢？」

瑠衣凜似乎一早就專程跑到教職員室這麼詢問老師。

據說她是前一天碰巧從其他老師那邊聽說桐谷老師會來我家。

之後每次桐谷老師到我家，瑠衣凜一定會跑去詢問老師我的情況。

聽到桐谷老師回答「他很有精神」或「他很開心地在玩遊戲」，瑠衣凜都會感到安心似的鬆一口氣。

「那傢伙居然做到這種地步……」

桐谷老師「嗯」了一聲，點頭肯定我這番話。

「你覺得這樣的她真的會討厭你嗎？」

我認真思考這個問題。

像是從工藤兄妹那裡聽說的事，還有現在從桐谷老師口中聽說的事。

瑠衣凜在背後為我做了許多事情啊。

這麼一想，答案就只有一個。

「我不覺得她討厭我。」

「對吧。」

桐谷老師露出和善的笑容。

「可是既然這樣，瑠衣凛為什麼要說她最討厭我……」

「你再跟相馬同學好好溝通一次吧。」

我喃喃說著疑問，於是桐谷老師拍了一下我的肩膀。

「……可是，我想她不會再跟我說話了。」

「就算這樣，你還是要想辦法努力跟她溝通看看。」

這麼說的桐谷老師語調很溫柔，卻有一種拚命的感覺。

「老師，為什麼您要做到這種地步……」

「這是因為看到你和相馬同學的樣子，身為教師實在無法就這樣丟著你們不管。」

因為你們兩人都是很棒的學生——桐谷老師接著這麼說了。

這個老師真的是徹頭徹尾的好老師呢。

「所以說健司同學，你再稍微努力一下吧。」

被桐谷老師這麼鼓勵，我更堅定了決心。

決定要再努力一次看看。

「是的。我會想辦法再一次試著跟瑠衣凛溝通。」

我這麼回答，於是桐谷老師露出高興似的表情。

很好。既然這麼決定了，等下次瑠衣凛來上學時，就試著向她搭話吧。

「話說回來，桐谷老師你真的很替學生著想呢。」

「沒那回事，還有很多像我一樣的老師。」

桐谷老師跟平常一樣謙虛地回應。

或許這種地方也是讓人能信賴他的原因。

「還有我只是希望你跟相馬同學可以做出不會後悔的行動。」

「不會後悔的行動……是嗎？」

「嗯。我想我應該跟你說過，我在高中畢業典禮那天放棄對七瀨告白，決定支持她的夢想。可是，我完全不後悔做出這樣的選擇。」

桐谷老師這麼說道，面向我露出笑容。

「因為這是我好好替七瀨設想過，然後自己決定的事情。」

「……這樣嗎？」

一般人能用這麼爽朗的表情說自己不後悔沒有向喜歡的人告白嗎？至少我覺得我是沒辦

法。

這表示桐谷老師真的就是這麼重視七瀨小姐。

「所以說，我希望你跟相馬同學都能做出不會後悔的選擇。因為那一定也關係到活得像自己這件事。」

桐谷老師像在指示重要的事情，緩慢且仔細地向我傳達。

之後，他拿著因為一直在說話，還剩下一點的便當站了起來。

「我想說的就是這些了。午休也差不多要結束了，我得回去才行。」

「桐谷老師……謝謝您！」

我打從心底向老師道謝。

我真的一直受到這位老師的幫助。

正因如此，聽到剛才那些話，我無論如何都想跟桐谷老師說一件事。

「那個，老師……我可以說句話嗎？」

「？怎麼了？」

桐谷老師用感到不解的語調這麼反問。

我為了讓老師確實地感受到——

「我想桐谷老師一定能再見到七瀨小姐！」

聽到我這句話的瞬間，桐谷老師驚訝地瞠目。

「雖然七瀨小姐現在住在大海的另一邊，要見面或許很困難……然而如果是桐谷老師，一定能與七瀨小姐再相見的！」

桐谷老師說他不後悔沒有向七瀨小姐告白，我想那一定是實話。而且老師之前提到這件事時，說他不想妨礙到七瀨小姐，今後似乎也不打算與她見面。

……可是身為他的學生，我希望老師的戀情可以開花結果。

因為他是這麼棒的老師。

「健司同學，謝謝你。」

桐谷老師這麼向我道謝後，又露出了笑容。

那是我看過的笑容當中最帥氣的一張笑容。

◇◇◇

「今天也很累耶。」

足球隊的練習結束後，我一個人走在回家的路上。

因為大賽時間逼近，練習變得相當嚴苛。

因此好不容易開始習慣社團活動的身體也是全身肌肉痠痛。

「我回來了～」

找回到家後，只見玄關的燈沒開，客廳也是一片漆黑。

對喔，爸媽今天好像都要工作到很晚。

「……糟了，我忘了買晚餐回來。」

這種時候得先到便利商店買晚餐回家才行。

……沒辦法，現在出門去買吧。

正當我這麼心想，準備打開玄關大門的瞬間，對講機響了起來。

「？這種時間會是誰啊……？」

我抱著疑問，伸手握住門把。

於是在我打開門後，有個令人驚訝的人物佇立在門的另一頭。

「晚安，KINU。」

爽朗的聲音；讓人得抬頭仰望的高個子；媲美模特兒的型男長相。

是我的前好友——齋宮透矢。

「透矢，你怎麼會……！」

「哎呀～～我傍晚有過來看看，但沒人應門，才換了時間再過來……這還真是讓人嚇一跳呢。」

透矢仔細看著我的制服，接著說：

「想不到你居然去高中上學了。」

「……我最近開始去的。因為國中念到一半就不去上學了嘛。」

「哦～～是誰霸凌你了呢？」

透矢用明知故問的語氣這麼說了。

這讓我從胸口深處湧現出某種感情，但我勉強克制住了。

說到底，事情是由我起頭的嘛。

「別說這些了，你來做什麼？」

「我來嘲笑你的啊。」

「那你可以回去了。」

我立刻這麼回答，於是透矢感到有趣似的笑了。

「開個小玩笑而已啦。其實是有點事想告訴你才會過來的。」

「有事想告訴我？」

我這麼反問，於是透矢點了頭。事到如今，透矢還想告訴我什麼？例如炫耀他在「帝城高中」的足球隊已經當上主力球員嗎？雖然以透矢的實力來說，即使變成那樣也一點都不奇怪就是了。正當我像這樣思考時，從透矢口中冒出了預料之外的話。

「我跟瑠衣凜分手了。」

透矢若無其事地說出這件事。我大吃一驚，無法立刻做出回應。

「你嚇了一大跳耶。」

「這……哎，這是當然的啊。」

雖然跟透矢發生了很多事，但我聽他說過他從小學就喜歡瑠衣凜。所以我難以置信他們居然才過了大約一年就分手。

正當我這麼心想時，透矢口中又冒出了更令人震撼的話。

「那種無聊的女人，是我不要她的。」

「！你……！」

正當我要激動起來時，透矢伸出雙手安撫我。

「好啦好啦，別這麼生氣。也聽聽我怎麼說吧。」
透矢露出爽朗到讓人火大的笑容，接著說：
「因為那女人真的很過分啊。就算跟我約會，也一點都不開心的樣子。」
「……透矢，你別說了。」
「而且交往了大概一年，別說接吻，她連手都不讓我牽。這樣根本沒資格當女友吧。」
「……別說了。」
「唉～～真不該跟那種女人交往的。」
「就叫你別說了！」
我這麼大吼，透矢才總算閉上嘴。
「透矢……你為什麼要說這種話？」
我勉強擠出聲音說了。
與其說憤怒，不如說是難過。無論對誰都很好，帥氣到不行的好友——不，應該說前好友，說出這麼過分的話讓我非常難過。
「你問為什麼……說到底，我本來就不喜歡瑠衣凜嘛。」
「啥？你在說什麼啊。」
透矢說出了莫名其妙的話，因此我這麼反問。

透矢似笑非笑地回答我：
「就說了，我根本不喜歡瑠衣凜。」
「……那你為什麼要向她告白？」
「那是因為我很討厭你啊。」
透矢當著我的面斬釘截鐵地說了。國中時他也對我說過一樣的話。
但是，即使聽到這樣的答案，我還是無法理解。
為什麼他會因為討厭我就想跟瑠衣凜交往？
「你真的很遲鈍耶。我是故意找你麻煩啊。」
或許是察覺到我的疑問，透矢一臉傻眼地手扶著額頭，這麼補充說明。
「其實國中的時候，在你向瑠衣凜告白前，我就知道你喜歡她了。」
「咦……」
這件事我是第一次聽說。
那麼，透矢明知道我對瑠衣凜有好感，國中時卻要我幫忙讓他跟瑠衣凜交往嗎……？
「所以說，我是想跟你喜歡的瑠衣凜交往來折磨你。」
「你真的只是為了折磨我才跟瑠衣凜交往嗎……？」
我這麼詢問，於是透矢點了頭。

「沒錯。我就是這麼討厭你。」

透矢露出微笑。

我無法感受到這樣的他現在抱持著什麼感情。

「但我覺得已經不需要那種無聊的女人，所以跟她分手了。畢竟我跟你念不同高中，找你麻煩也沒意義了嘛。」

「你這種說法——！」

話說到一半時，我忽然察覺到某件事。

隨後，我收回了原本想對透矢說的話。

「KINU，瑠衣凜就隨你處置吧。」

透矢用彷彿已經不感興趣的語調這麼說。

國中時他曾經對後來才向瑠衣凜告白的我感到憤慨不已，很難想像他居然會說出這樣的話。

「透矢，你……」

「唉～～她真的是個無聊的女人耶。」

透矢自言自語般低喃。

那樣的他看起來有點寂寞。

「啊，還有國中時把你向瑠衣凜告白的事告訴我的人，不是瑠衣凜喔。」

透矢像是突然想起來似的這麼說了。

「！可是你當時說是瑠衣凜告訴你的……」

「那是騙你的啦，騙你的。其實是碰巧看到你告白的同班同學跟朋友講了這件事，我只是剛好聽見而已。」

透矢一派輕鬆地這麼說完，又告訴了我一件事。

「順便告訴你，在你發生那些悲慘事的時候，瑠衣凜之所以沒有對你伸出援手，是因為我。」

「你說是因為你……這話是什麼意思？」

我這麼反問，於是透矢露出邪惡的笑容回答：

「我稍微威脅了瑠衣凜。我跟她說如果她敢幫你，說不定也會遭遇跟你一樣的事。然後瑠衣凜就嚇到了，不敢對你伸出援手啦。」

「！你為什麼要這麼做……」

「這是因為……」

這時透矢詞窮了。

然而——

「因為我想找你麻煩。就只是這樣而已。」

最終透矢斬釘截鐵地這麼說了。

這時我又察覺到某件事，於是什麼也沒說。

「我想告訴你的就這些。今後不管你是要向瑠衣凜告白或是跟她交往，都跟我沒有任何關係。」

透矢在最後這麼說完，便轉身背對我。

「那麼，就這樣。」

透矢邁出步伐，慢慢遠離我身邊。

他的背影看起來非常孤單，跟以前憂鬱沮喪時的我有點像。

「透矢！」

我呼喚他的名字，於是他轉頭看向我。

「怎樣？有話想跟我說嗎？」

「沒錯。」

我這麼回答，於是——

「好啊。要痛罵我還是怎樣都行，說來聽聽。」

透矢彷彿想說他會承受任何指責，光明正大地站在原地。

不過很抱歉，我接下來要說的並不是要痛罵他——

「謝謝你，透矢。」

我這麼表達感謝後，透矢一臉驚訝地睜大了眼睛。

然後他呵呵笑了。

「你是白痴嗎？為什麼要跟我道謝啊？」

「的確是呢。」

我也稍微笑了出來。

「你真的是個笨蛋……還有我也是笨蛋。」

透矢仰望已經變得一片漆黑的夜空，看似寂寞地這麼說了。

之後他再次背對我。

「那掰嘍，KINU。」

「嗯，改天見吧。」

不過透矢沒有回應我這句話，就這樣離開了。

只剩下我一個人留在原地。

「……那傢伙太不會說謊了吧。」

透矢跟我說話時，有時是在撒謊。

他說跟瑠衣凜交往是為了折磨我的時候。

還有說瑠衣凜沒有對遭到霸凌的我伸出援手，是因為他威脅了瑠衣凜的時候。

他說這些事情時都抓著褲子。

這是他從以前開始，撒謊時會出現的習慣動作。

換言之，我想透矢其實是喜歡瑠衣凜才跟她交往，因為喜歡才會那樣威脅她。

既然如此，他把瑠衣凜說得一文不值，那些話一定也都是謊言。

就算這樣，他還是特地跑來告訴我他們兩人已經分手。

大概是為了讓我今後隨時都可以去追瑠衣凜或向她告白。

結果，透矢還是跟以前一樣人很好。

「……哎，雖然他說討厭我時，並沒有在撒謊就是了。」

但總覺得他會那樣也是有什麼理由。

否則他不會特地跑來我家，告訴我他跟瑠衣凜分手了。

「真的很謝謝你。」

我對著已經不在現場的透矢再次道謝。

然後我這麼心想——

還是希望能跟透矢變回好友呢。

不過，我想如果是現在的我跟透矢，一定能變回好友的。

我毫無根據。

但很不可思議地就是有這樣的感覺。

◆◆◆

將所有事情都告訴KINU後，我——齋宮透矢，一個人走在住宅區要回家。

「什麼謝謝你……真是個笨蛋。」

我想起剛才的KINU，同時這麼喃喃自語。

明明我對他做了那麼多過分的事……他真的是個笨蛋耶。

就在我這麼心想時，忽然回想起以前的事。

我還在念小學時，父親因為工作常常調職，我必然也會跟著不斷轉學。

而且小學時的我很怕生，又不愛說話，不是那種能交到朋友的人。

就在這種時候，我在第四次轉學的小學裡遇見了KINU與瑠衣凜。

他們兩人對怕生又無法順利溝通的我溫柔地搭話了好幾次。尤其是瑠衣凜，還好幾次邀我一起玩。

我想我當時就已經喜歡上她了。

同時我也開始羨慕起KINU。

他跟瑠衣凛是兒時玩伴，總是能讓瑠衣凛展露笑容。

我很羨慕那樣的他……漸漸地開始討厭——不，是變得非常討厭他。

我喜歡瑠衣凛，但為什麼你總是跟她在一起？

我開始任性地這麼想。

然後有一天，我為了跟瑠衣凛他們一起玩，在公園裡等候時，跟我同年級的其他班男生們來到了公園。

他們是惡名昭彰的學生。

「喂，這裡我們要用，快讓開。」

所以我一個人待在原地時，其中一個男學生毫不留情地這麼命令我。

「可……可是……我也跟人約好要在這裡玩。」

「啥？記得你是最近才轉學過來的吧。外來種少給我得意忘形。」

男學生瞪著我。這氣氛感覺我隨時都有可能挨揍。

我感到害怕，想立刻拔腿就跑。

但就在這時，忽然有個聲音從後方傳來。

「你們才是別得意忘形。」

一看，原來是KINU對著男學生們這麼說道。

於是男學生接著瞪向KINU。

「又是你啊，健司。你差不多該適可而止啦。」

「那是我要說的臺詞。別想獨占公園啦，笨蛋。」

「笨……！我今天也要把你痛扁一頓。」

「有種就試試看，來啊。」

KINU挑釁似的招手。

那個動作看起來非常熟練。

「你們聽好，要上嘍。」

「「「好——」」」

緊接著，跟我與KINU說話的男學生這麼出聲後，其他男學生也跟在他後面。

然後他們一起撲向KINU。

幾分鐘後。只見被痛扁一頓的KINU倒在地上。

——呃，他打架超弱的嘛！

「KINU同學，你還好嗎？」

我姑且先擔心他一下。

我用暱稱叫他，但坦白說，這時是因為瑠衣凜這麼叫他，我才不得已也跟著叫。其實我根本不想用暱稱叫自己討厭的傢伙。

「沒事，沒事。這是家常便飯啦。」

KINU爬了起來，笑著這麼回答我。

「KINU同學你總是在做這種事嗎……？」

「對啊。因為那些傢伙老是想霸占公園，讓人很不爽。」

「就算這樣，也用不著每次都被痛扁一頓……」

我打從心底認為他該不會真的是個笨蛋。

明明別理那些傢伙就好……

「可是，今天除了不爽，還有其他理由啊。」

KINU忽然這麼說了。

然後他沒看向我，彷彿理所當然般——

「因為那些傢伙想傷害你啊。」

聽到KINU這番話，我感到有些困惑。

「你是想幫我嗎？」

「那是當然的吧。因為我跟你是……朋友嘛。」

KINU一臉害臊地說了。

聽到這句話，我有一瞬間腦袋變得一片空白。

「……我跟你是朋友？」

「咦，不是嗎？我是這麼想的啦……原來不是嗎？」

KINU看似悲傷地低下頭。

這樣的他手臂等部位都是傷，一想到那些傷都是為了我——

回過神時，我已經握住KINU的雙手。

「不，我跟KINU同學——不對，我跟KINU是朋友！」

這時，我第一次憑著自己的意志叫他KINU。

然後我交到了人生中第一個無可取代的朋友。

之後每天都過著非常充實的生活。

我總是跟瑠衣凛與KINU一起玩，每天都很快樂。

某天。在KINU的邀約下開始踢的足球似乎很適合我，我進步神速，技巧愈來愈好。

KINU的傳球技術也非常高超，跟他一起踢足球真的是最棒的經驗。

我以為這樣的日子會一直持續下去，我們會一直維持三人行。

——但同時也有一種不好的情感慢慢在侵蝕我的內心。

三人待在一起時，我總會不由得感受到。

瑠衣凜與KINU之間有種特別的情誼。

正因為從小一起長大才能構築的其他人都無法介入的關係。

我還是一樣喜歡瑠衣凜，但實在無法介入他們兩人之間。

所以跟他們在一起雖然很開心，卻也慢慢變得難受。

這樣的情感漸漸累積起來，就在國中三年級的時候。

我面臨了極限。

我心想乾脆斷絕與他們兩人的關係。

可是比起斷絕關係，想讓瑠衣凜變成我的女友、想讓她屬於我的這種任性又差勁的想法支配了我。

所以我首先詢問KINU是否有喜歡的人。

原本假如他說出瑠衣凜的名字，我就打算乾脆地退出。

……不，這種說法有點卑鄙。

老實說，我提出這個問題時，心想KINU八成會考慮到我們三人的關係，不會說出瑠衣凜的名字。因為他就是這麼重視瑠衣凜跟我，而我也知道這一點。

不出所料，KINU回答他沒有喜歡的人。我拿這件事當藉口，決定無論如何都要讓瑠衣凜當我的女友。

所以我告訴KINU我喜歡瑠衣凜，拜託他幫我追瑠衣凜。

因為KINU人很好，我心想這樣一來，他就沒辦法追瑠衣凜或向她告白了。

接著我積極地向瑠衣凜展開攻勢，也邀她去約會。

雖然她每次都拒絕跟我約會，總之我還是間接地向她表達我喜歡她。

然後我告白了。

……但是，她一開始拒絕了我。

她跟我說「我有喜歡的人」。

她喜歡的人當然就是指KINU。我心想：我都知道喔。

可是，我絲毫不打算因為這樣就退讓。

所以我跟瑠衣凜這麼說了：

「KINU好像沒有喜歡的人耶。」

「咦……」

「我說真的。我問過KINU，他說他沒有喜歡的人，而且我拜託他幫忙讓我跟妳交往時，他很爽快地答應了。」

「這……這樣啊……」
瑠衣凜很明顯地動搖了。
她也一直認為KINU應該多少對自己抱持著好感吧。
我沒有放過她內心的動搖。
「妳覺得一直像這樣喜歡KINU就好嗎？」
「這話是什麼意思……？」
「畢竟你們從小就一起長大，但他還是對妳沒意思吧？既然如此，跟我交往不是比較好嗎？」
「透矢同學，你在說什麼啊？才沒那回事。」
瑠衣凜露出像在表示難以置信的表情。
儘管如此，我還是沒有退讓。
「只是試著交往也無所謂。我就是這麼喜歡妳。」
「你這麼說，我也很傷腦筋耶……」
瑠衣凜堅持拒絕。
用一般做法也只會在原地踏步——這麼心想的我決定稍微換個說法。
「如果我跟妳交往，KINU一定會很開心。」

「KINU會很開心……？」

「嗯，因為他重要的兒時玩伴與好友變成情侶啦。妳不這麼認為嗎？」

這時瑠衣凜首次表現出感到迷惘的樣子。

然後她露出下定決心的表情。

「我知道了。我跟你交往。」

「謝謝妳。」

就這樣，我跟瑠衣凜變成了情侶。

雖然高興，但比起這些，一想到只要扯上KINU，居然就能這麼輕易跟瑠衣凜交往，讓我也覺得空虛起來。

不過這樣就好。

只要讓瑠衣凜慢慢喜歡上我就好。

然而幾天後，發生了出乎預料的事情。

KINU向瑠衣凜告白了。

我沒想到KINU居然會明知道我這個好友的心意，卻還是採取這種行動。

雖然瑠衣凜拒絕了他的告白，但我非常焦急。

我心想照這樣下去，瑠衣凜說不定會被他搶走。

所以我澈底攻擊了KINU。

我一心只想著不能被他搶走喜歡的人。

明明知道好友喜歡瑠衣凜，卻還向她告白的KINU也有錯。瑠衣凜雖然明白這一點，還是試圖對KINU伸出援手。

就像我告訴KINU的，我稍微威脅了這樣的她。

然後，我在無人妨礙的狀態下一直攻擊KINU的結果——

就是他再也沒來上學了。

這時我才終於質疑自己到底在做什麼。

我覺得自己做了無法挽回的事。

……但一切為時已晚。

就在我這麼心想時，瑠衣凜表示想跟我分手。

這是當然，沒人想跟搞到好友拒絕上學的傢伙交往吧。

……但我利用瑠衣凜的溫柔，沒有跟她分手，一直持續交往狀態。

別說根本沒有牽手或接吻，即使她在約會時一點也不開心，我們還是一直在交往。

已經無藥可救了。

就在我放棄一切時，看了《自由》這部電影。

看到在那部電影裡登場，叫作七瀨玲奈的女演員，我深受感動。

跟飾演的角色無關，她在電影裡是最活潑耀眼的人。

總覺得她展現出讓人感受到她是打從心底喜歡演戲的演技。

這樣的七瀨小姐跟我正好相反，看起來閃閃發光。

然後我也想試著像她那樣生活。

看完電影後，我翻了一下電影手冊，發現她的訪談頁寫著這麼一句話。

『因為活得像自己一定是比任何人生都還要快樂的事！』

看到這句話，我用自己的方式開始思考何謂活得像自己。

然後我決定了。

至少可以確定就算照目前這樣繼續跟瑠衣凛交往，也無法活得像自己。

然後在去電影院那一天，我向瑠衣凛提出分手。

瑠衣凛也打算提分手，但這種扭曲的關係是我製造出來的，所以我認為由我來結束是我最起碼該負起的責任。

然後今天我把所有事情都告訴了KINU。

「接下來再重新開始吧。」

失去了一切，但這是我自作自受。

我只能接受自己的罪過，再次從頭開始。

雖然我說不定根本沒有那個資格……

這時，手機忽然有來電。

我接起電話，原來是我就讀的帝城高中的足球隊教練——松永先生打來的。

『喂，透矢！你到底打算翹掉練習到什麼時候！別開玩笑了！』

他劈頭就這麼怒吼。這個人在我入學前明明很溫柔，但我一加入社團，他的語調就變粗魯了……話說回來，也難怪教練會生氣。

因為我這一個月都沒有參加足球隊的練習。

理由是在強校練習和比賽時，我發現自己的實力完全不管用。

我本來對自己的實力還頗有自信，所以大受打擊……但現在已經完全不會那麼想了。

「對不起。我明天開始會參加練習。」

我很乾脆地這麼說道，於是教練驚訝似的只說了：『這……這樣啊！那拜託你嘍！』就掛斷了電話。

「……好。」

從明天開始加油吧。無論是足球或任何事，都要卯足全力。

因為總覺得只要這麼做，有一天我也能活得像自己。

◇◇◇

透矢回去後。

我前往便利商店買晚餐。

「透矢的心情一定也很複雜吧。」

我、瑠衣凛跟透矢從以前就一直在一起。正因如此，喜歡瑠衣凛的透矢應該也總是在壓抑自己的感情吧。

這樣的他今天特地來告訴我真相。

雖然透矢說了很多，但我覺得他想告訴我的應該是瑠衣凛什麼錯都沒有。

豈止如此，他還告訴我瑠衣凛本來想對我伸出援手。

前幾天，瑠衣凛跟我說國中時是她告訴透矢我告白的事。

我被同班同學霸凌時她也沒有伸出援手，即使我不去上學，她甚至也沒來我家探望。

然而聽了透矢的說法，我明白瑠衣凛說的那些話裡有兩個謊言。

她的確沒來我家探望，不過……這麼說不太好，但她或許是因為被透矢威脅了。
這麼一想，聽桐谷老師說的時候，我也一直覺得，瑠衣凜說她最討厭我……好像有點不對。
「瑠衣凜實際上是怎麼看我的呢？」
仔細想想，因為我們從以前就一直理所當然地幾乎形影不離，說不定這是我第一次認真思考這些事。
就在我像這樣不斷思考時，同樣重新認知了我有多麼喜歡瑠衣凜。
雖然發生了很多事，我還是跟小時候沒兩樣，一直都很喜歡瑠衣凜。
「真想告訴她啊。」
回過神時，我忽然這麼喃喃自語。
想將自己的心意傳達給她的心情變得非常強烈。
我第一次陷入這種感覺。
這大概要怪透矢。
因為他做好覺悟，將所有事情都告訴了我。
讓我也想跟喜歡的人說我喜歡她。
「現在沒空買什麼晚餐了啊。」

我轉換方向，朝著跟便利商店完全相反的方向跑了起來。

我前往的當然是瑠衣凜家所在的方向。

我跟瑠衣凜相處了十年以上，這時是我最想見到她的一刻。

我無法自拔地想見瑠衣凜。

我抱持著這樣的心情，馬不停蹄地向前飛奔。

◇◇◇

「到了。」

持續跑了幾分鐘，轉眼間我就抵達了瑠衣凜的家門口。

我憑著一股衝動就跑來了，但她今天請假沒來上學啊。

假如是感冒，該怎麼辦啊？

我稍微冷靜下來，不禁擔心起瑠衣凜。

我剛才想見瑠衣凜的心情強烈到甚至沒想到這些事。

當然我現在也很想見瑠衣凜，想跟她說話。

也想把我的心意告訴她。

正當我這麼心想時，瑠衣凜家的玄關大門突然打開了。

從門後出現的人居然就是瑠衣凜。

「咦……KINU。」

「哈……哈囉，瑠衣凜。」

總之我先試著打招呼。

從她的樣子看來，身體好像沒有特別不舒服。

似乎不是因為感冒才請假。

「啊……呃，那再見嘍。」

瑠衣凜一臉尷尬地想回到家裡頭。

「等……等一下！透矢全都告訴我了！」

我連忙這麼大叫，於是瑠衣凜突然停下腳步。

……真……真是好險。

我鬆了一口氣，接著向瑠衣凜說道：

「站著說話也不太方便，要不要換個地方聊聊？」

我這麼詢問，瑠衣凜猶豫了一下。

「我知道了。」

然後這麼回答並點了頭。

我跟瑠衣凜從她家來到附近的公園。

這裡也是我國中時向她告白的地方。

「我剛才也說過，透矢全都告訴我了。他跟我說了所有妳為我做的事情。」

「……這樣啊。」

我們兩人一起坐到長椅上後，我這麼說明，於是瑠衣凜只低喃了這麼一聲。

她稍微低下頭，無法清楚看見她的表情。

「那個……謝謝妳。國中時妳原本是想幫我的吧？」

「什麼想幫你……才沒有那種事。」

「妳有。至少我是這麼認為的。」

聽了透矢說的話，我由衷想感謝瑠衣凜。

同時也想痛扁以前憎恨瑠衣凜的我。

「不是的。我真的不是那麼了不起的人。」

瑠衣凜低頭看著下方，悲傷似的這麼回應我。

然後她就這樣繼續說下去。

「國中時你會遭遇那麼悲慘的事情，都是我害的。」

「……咦，這話是什麼意思？」

瑠衣凜這番話讓我大吃一驚，我這麼問了。

「雖然我喜歡透矢同學，但那是對朋友的喜歡，如果是當成異性……我並不喜歡他……就算這樣，我還是因為任性自私的理由選擇與透矢同學交往。」

瑠衣凜低著頭這麼述說。

「所以，假如我拒絕透矢同學的告白，你就不會遭遇那麼過分的事了。」

瑠衣凜總算抬起頭，看向我。

她美麗的雙眼積滿淚水。

纖瘦的肩膀和小巧的雙手顫抖得非常厲害。

原來瑠衣凜一直懷抱著如此的痛苦與悲傷。

……我懂了。或許就是因為這樣，即使在高中碰面，她也一直躲著我。

我再次思考國中時的事。

為了幫助此刻在眼前哭泣的瑠衣凜。

還有為了好好結束讓我們三人的關係扭曲的那件事。

我得到了一個答案。

「我覺得國中時的事，我們三個人一定都有錯。」

「三個人都有錯……？」

「沒錯。首先我不該向妳告白，透矢也不該利用同班同學霸凌我。妳不該明明不喜歡透矢，卻答應他的告白。」

我像這樣平淡地說道。

「換句話說，我們三人都做錯了。」

我在最後做出這樣的結論，於是瑠衣凜放棄掙扎似的垂下頭。

「所以，這表示我們已經無法重修舊好了啊。」

「倒不是那樣。」

我立刻否定瑠衣凜用軟弱無力的聲音低喃的話。

她嚇一跳似的將臉朝向我。

「我們班的導師是桐谷老師吧？他這麼說過。」

不存在毫無錯誤的人生。

人們肯定有時是在錯誤中成長的。

而就算是做錯事的自己，那也是自己本身。

因此可以不用否定錯誤的自己。

可以接受那樣的自己。

「所以說就算犯錯，即使無法現在立刻復原，我們還是能再次回到像以前那樣一起快樂相處的關係。」

「……這樣啊，說得也是呢！」

瑠衣凜稍微打起精神了。看到這樣的她，我也有點開心。

……但是，我來找她的理由並不是這個。

「然後，瑠衣凜，其實我有一件事想跟妳說。」

「……？怎麼了？」

瑠衣凜有些茫然。

接著我大口深呼吸了一下。

我覺得自己現在抱持的這種可恥的心意也是錯誤的。

因為這種心意讓好友難過，還破壞了我們三人的關係。

抱持著這種心意的我，一定是個有害人物。

儘管如此，我還是想接受錯誤的自己，把這份心意告訴瑠衣凜。

為了做好覺悟把所有事情都告訴我的透矢。

也為了決定要活得像自己的我本身。

「我喜歡妳！」

於是，我將這充滿錯誤的可恥心意告訴了她。

○終章

自從健司同學開始來星蘭高中上學後，大約過了三個月。

在冷颼颼的秋風吹起時，我——桐谷翔因為輪到負責檢查制服和遲到狀況，正站在校門口。

「老師，早安。」「早安〜」

「早。」

兩名男學生向我打招呼，我也同樣打招呼回應。

記得那兩人都隸屬於足球隊。

說到足球隊，他們似乎在最近的大賽中勢如破竹地不斷獲勝晉級。

星蘭高中並非體育學校，運動社團基本上也不算強，但今年的足球隊似乎是例外。

聽說其中一個原因居然是健司同學。

他們先靠健司同學豐富多變的傳球玩弄對手，最後再由二年級一個叫工藤同學的前鋒射門得分。他們似乎每次都以這種模式獲勝。

或許是因為有這樣活躍的表現，好像有職業選手輩出的大學的教練注意到了健司同學。健司同學很努力呢。真的很厲害。

「老師，早。」「早安～」

這次是看起來像一對情侶的男女學生向我打招呼，我也回他們一聲「早啊」。

我聽健司同學說，他在大約兩個月前向相馬同學告白了。他其實應該不想說出自己告白的事，但他表示因為我幫了他很多忙，他願意破例告訴我。

然後他告白的結果——

似乎是「暫時保留」。

聽到這個答覆的健司同學決定先耐心等待。

但他們兩人會一起上學，我想應該是恢復成原本的關係了。

對了，健司同學的好友……好像是叫齋宮同學吧。健司同學似乎也跟他慢慢在修復關係，現在已經恢復到會去看彼此比賽的程度了。

齋宮同學與相馬同學之間也曾有些誤會，而健司同學也很努力在改善這一點。

因此健司同學很開心地表示雖然次數還不多，他跟相馬同學與齋宮同學有時會三人一起玩。

健司同學說這是託我的福，但我認為是因為他好好地承認過去做錯事的自己，而且現在努力活得像自己。

不存在沒有錯誤的人生。

換言之，無論是誰都會犯錯。

所以如果有人在人生中因為犯了一兩次錯就忍不住憂鬱沮喪，希望這些人可以放心。

因為其他人其實也差不多。

跟健司同學交談時，不知他是否在開玩笑，他說自己是個有害人物。但仔細一想，人類說不定都是有害人物。

借用健司同學的話來說，在人生中犯錯的時候，重要的是鼓起勇氣承認自己是個有害人物。

這麼一來，就能慢慢向前邁進，重新來過。

然後一定也能像健司同學一樣開始活得像自己。

「今天是輪到桐谷老師值班啊。」

這時忽然傳來一個耳熟的聲音。

我看了過去，只見健司同學就站在那裡，相馬同學也陪在他身旁。

他看起來坦蕩大方，以前那個憂鬱的他已經消失無蹤。

「健司同學，早啊。」

找向健司同學打招呼。

於是他有些開心似的——

「早安！桐谷老師！」

笑著這麼向我打招呼。

健司同學的笑容很燦爛，他一定活得很快樂吧。

這讓我感同身受地非常高興。

這是接受錯誤的自己，把無藥可救的可恥心意告訴對方的——一個有害人物（Shamer）的故事。

○終章2

某天。今天星蘭高中的足球隊參加了一場大賽。

在看完KINU有出場的足球隊比賽後。

我跟KINU還有來看比賽的透矢同學三人一起回家，然後我立刻到自己的房間換上了家居服。順帶一提，比賽結果是星蘭高中在拉鋸戰中搶得先機，獲得勝利。

「今天的KINU也很厲害呢。」

他俐落地把球傳到工藤學長腳下。眼睛都追不上那個速度了。

正當我像這樣興奮不已時，收到了真紀傳來的ＭＩＮＥ。

內容是約我現在一起玩遊戲。

雖然我現在是足球隊的經理，但也沒有因此就不玩遊戲。

我回覆「了解」給真紀後，打開遊戲機的電源。

然後——我裝上了變聲器。

「啊，已經不需要用這個了。」

不小心忘了這件事的我準備卸下變聲器。

……還是玩一下下好了。

接著我打開變聲器的電源，開口說話。

『嗨，我是圓圈圈。』

我的聲音徹底變成了男性。

而且是「圓圈圈」的聲音。

國中三年級的時候，自從KINU再也不來上學，我就一直想設法幫助他。

可是，就算想直接上門拜訪而到了他家門口，我還是沒有勇氣按下對講機。正當我煩惱著該如何是好時——

我碰巧在超市遇到了KINU的媽媽。

KINU的媽媽很擔心自己的兒子，告訴我KINU最近開始玩電玩和SNS。

因此我偷偷請KINU的媽媽告訴我KINU的帳號，想透過電玩與他接觸。

我不停傳訊息給他，設法讓他答應跟我一起玩遊戲，但也擔心一起玩遊戲可能會在交談時因為聲音洩漏了身分。

我拚命尋找好用的變聲器，買來使用。

「圓圈圈」的真面目就是使用了變聲器的我。

而這是我至今對KINU說過的謊言中，最大的一個謊言。

「KINU知道的話，一定會大吃一驚吧。」

……但我還不打算告訴他這件事。

因為我還沒正式回覆他的告白。

我無法原諒因為以前半吊子的態度，傷害了KINU與透矢同學的自己。

可是，假如有一天我能夠原諒自己，能夠成為配得上KINU的女生——

到時候——就換我主動向他告白。

順便告訴他我就是「圓圈圈」吧——開玩笑的。

即使要撒漫天大謊，也想幫助喜歡的人——存在著一個這樣的有害人物（Shamer）。

接受錯誤的自己，將無藥可救的可恥心意告訴對方——存在著一個這樣的有害人物（Shamer）。

這是兩個這樣的有害人物（Shamer）有一天終成眷屬的故事。

「後記」

幸會。以前就閱讀過我作品的讀者，好久不見了，我是三月みどり。

這次繼《再見宣言》之後，有幸再次執筆Ｃｈｉｎｏｚｏ大人的VOCALOID歌曲輕小說，推出第二彈《有害人物》，我深感光榮。

這次的作品無論有沒有看過《再見宣言》都能樂在其中，希望能觸及更多各式各樣的讀者。

要大略介紹一下《有害人物》的內容，就是做錯了某件事的主角「田中健司」獲得各種經驗，慢慢重新站起來的故事。

各位是否也曾在人生中做錯什麼事呢？

提出這種問題還這麼說不太好，但我想大家大概都多少做錯過吧。

當然我也一樣。

做錯事情的時候，有時明知是自己不對，卻還是會忍不住怪罪別人，或是相反地厭惡起自己。

我個人希望這樣的人們在看過這部作品後，能因此稍微振作起來。

那麼，最後我想在這裡表達我的感謝。

Ｃｈｉｎｏｚｏ大人，這次也非常感謝您比《再見宣言》那時提供了更多的建議！倘若沒有Ｃｈｉｎｏｚｏ大人的建議，我想就無法完成《有害人物》這部作品了。

アルセチカ大人，這次也十分感謝您可愛到不行又出色的插畫！就算保守一點地說也是棒呆了！

責任編輯Ｍ大人，感謝您在我執筆時不吝指出許多應該修正的地方。

我想這次的作品也是多虧Ｍ大人的協助，完成度更是提升了好幾倍。

與出版本書相關的各位人士，還有最重要的是購買了本書的讀者大人，我想由衷向各位表達感謝。真的很謝謝大家的支持。

那麼，我衷心期盼將來有機會與各位再相見——

©Midori Mitsuki 2021, Chinozo 2021 / KADOKAWA CORPORATION

再見宣言

Kadokawa Fantastic Novels

作者：三月みどり　原作／監修：Chinozo　插畫：アルセチカ

YouTube播放次數突破9000萬，
超人氣歌曲改編成青春故事！

只要不會被當就好了，不用天天去上學也沒差。我窩在家裡耍廢，想像著這種平凡無奇的未來。在高中最後一年的春天，我遇見了天真爛漫的妳。理應完全相反的兩人邂逅且互相吸引。在戀愛與實現夢想的天平兩頭搖擺不定，兩人做出的選擇是——

NT$200/HK$67

©Hajime Kamoshida 2020 / KADOKAWA CORPORATION

青春豬頭少年不會夢到正義護理師

作者：鴨志田 一　插畫：溝口ケージ

都市傳說「＃夢見」在學生間成為話題。
郁實藉此化身為「正義使者」助人？

寫下來的夢會應驗——這個都市傳說「＃夢見」在學生們的SNS成為話題。咲太目擊郁實藉此化身為「正義使者」助人，也得知她碰上了類似騷靈的現象，而且原因好像來自以前的咲太……？開啟上鎖的過去之門，青春豬頭少年系列第十一集。

各 **NT$200~260/HK$65~80**

國家圖書館出版品預行編目資料

有害人物 / Chinozo 原作 . 監修；三月みどり作；一杞譯 . -- 初版 . -- 臺北市：臺灣角川股份有限公司，2023.03

面；　公分

譯自：シェーマ

ISBN 978-626-352-363-0(平裝)

861.57　　112000512

Kadokawa
Fantastic
Novels

有害人物

（原著名：シェーマ）

2023年3月27日　初版第1刷發行
2024年6月17日　初版第5刷發行

作　者：三月みどり
插　畫：アルセチカ
原作／監修：Chinozo
譯　者：一杞

發 行 人：台灣角川股份有限公司
總　監：呂慧君
總 編 輯：蔡佩芬
主　編：林秀儒
編　輯：孫千棻
設計指導：陳晞叡
美術設計：李思穎
印　務：李明修（主任）、張加恩（主任）、張凱棋、潘尚琪

發 行 所：台灣角川股份有限公司
地　址：104台北市中山區松江路223號3樓
電　話：（02）2515-3000
傳　真：（02）2515-0033
網　址：www.kadokawa.com.tw
劃撥帳戶：台灣角川股份有限公司
劃撥帳號：19487412
法律顧問：有澤法律事務所
製　版：巨茂科技印刷有限公司
ISBN：978-626-352-363-0

※版權所有，未經許可，不許轉載。
※本書如有破損、裝訂錯誤，請持購買憑證回原購買處或連同憑證寄回出版社更換。

SHAMER
©Midori Mitsuki 2022 ©Chinozo 2022
First published in Japan in 2022 by KADOKAWA CORPORATION, Tokyo.
Complex Chinese translation rights arranged with KADOKAWA CORPORATION, Tokyo.